U0068020

落盛開的花
角曾
在不

The flower
that never bloom
in the corner.

作者
——
汶莎

天空數位圖書出版

目錄

第一章

〜相遇〜

「總裁，今天晚上 7 點與新鋒科技的吳總經理有約，需要幫您安排車子過去嗎？」

挺拔的男子身旁站著穿著合身正裝，突顯出姣好身材的女秘書，用充滿性感又成熟的聲音緩緩說道。

男子看著桌上的文件，看了看手上的腕錶，撫著額輕問：「吳總是約在哪？如果近的話……」

男子話鋒未落完，辦公室的電話便響了起來，女秘書利落的接起電話，在禮貌性的問答過後，輕巧地掛斷電話，緩緩地吐了口氣。

「總裁，剛剛吳總打電話過來說今天晚上會派車過來接您。」

這個對男子而言真是個天大的好消息，表示在這段等待車子到來的時間，可以將手邊的文件看完，於是吩咐女秘書先行離去，待吳總經理的車子到後再通知他。

很快的時間就來到了 7 點，女秘書敲了敲門，男子整理手邊的文件，站起身穿上西裝外套後，在女秘書的隨行下，走出公司，一出門就看到一台白色轎車停在門口，隨著緩慢滑下的車窗，吳總經理探出頭興高采烈的向男子打招呼。

「嘿！閻老弟，我來接你了！」

男子展開商業式笑顏，客套的回道：「吳總經理，謝謝您百忙之中還抽空過來載我。」

「哪兒的話，我們公司受到你們公司的諸多照顧，這點小事不足掛齒。」

女秘書打開車門，男子順勢坐入後座，理了理衣服，隨口問道。

「吳總經理，今天我們要去哪？」

吳總經理一聽，便神秘兮兮的笑著轉過頭看向男子。

「帶你去快活一下！」

男子聽到吳總經理語帶保留的神秘感，就知道又是一個令人疲累的應酬。但為了保持公司與公司間愉快的合作關係，男子縱使心中有千百個不願意，也不得不赴吳總經理這個約。

過沒多久，車子駛進了一條巷弄內，吳總經理帶著男子走入地下室的樓梯，撲鼻而來的便是濃厚的洋酒及香水混雜的奢靡氣味，男子對這種味道頗不適應，不自覺地用手指理了理鼻子。

在吳總經理推開門後，映入眼簾的是昏暗的燈光配合著喧鬧的電子樂聲，隨著七彩探照燈的閃爍，舞台上的鋼管纏繞著一絲不掛的舞小姐，迎合著音樂節奏跳著性感的舞蹈。

吳總經理用手肘頂了頂男子，大聲地說道：「閻小弟，你沒來過這種地方吧！這裡可精彩了！」

　　一見此番場面，男子覺得索然無味，看著在舞台上賣弄風騷的小姐和底下一群見獵心喜的男顧客，充斥著慾望的空間，讓人不禁隱隱作嘔，即使心中多麼厭惡這樣的場所，但男子仍保持著禮貌與吳總經理對話著。

　　吳總經理和男子在店員的指引下，來到前排包廂沙發區的座位。

　　「閻老弟，這可是我費盡心力搶到的 VIP 座位，你可要玩得盡興啊！」吳經理得意道。

　　男子報以禮貌性的微笑，「讓吳總經理費心了。」

　　吳總經理笑一笑揮揮手說：「沒什麼。」便開始熟門熟路的點起昂貴的洋酒，與服務生交待完後，便躺在沙發上，眼睛直勾勾地瞧著舞台前的舞女，騷首弄姿的性感模樣讓吳總經理興奮得直往舞台上撒錢。看到這種酒池肉林的場景，男子愈發覺得厭惡，但礙於應酬，男子也只能強顏歡笑，迎合著吳總經理的喜好。

　　待台上的女子隨著音樂停下，也靜止了動作走回後台，在工作人員清理舞台的同時，主持人手持麥克風大聲宣布著：「各位幸運的大爺，今日來到本店是你們的福氣，我們新進了一位舞小姐，胸大腰瘦屁股像蜜桃般鮮嫩欲滴，保證各位大爺今天看了值回票價！」

　　隨著主持人的介紹，底下的人全都興奮得鬧成一團，有的吹口哨，有的尖叫歡呼，在主持人的一個手勢下，音樂再度響起。

　　「讓我們來歡迎我們最豔麗的舞小姐，莉莉醬！！」

　　隨著主持人的介紹，舞台後緩慢的走出一個少女，怯生生的雙手遮掩著身上過度暴露的部位，與其他的舞小姐不同，少女不隨著音樂起舞，反而不知所措，全身害怕得發抖，無所適從的模樣吸引了男子的注意，男子看見少女的舉止覺得有些奇怪。

　　正當男子還在觀察的同時，主持人見莉莉醬在音樂的襯和下仍不為所動，便拿著麥克風試圖要吵熱氣氛，「讓我們隨著音樂起舞吧！莉莉醬！」

　　少女莉莉醬看著舞台上方主持人銳利的眼色，不情願地舉著顫抖的雙手，欲解開身上的衣物，慌亂無助的視線不停地往台下掃視著，想在那些淫靡的眼神中，找到求救的繩索，當莉莉醬不經意地與男子對上眼時，男子怔了一下，看見莉莉醬無助可憐的神情，引發了男子的側隱之心，男子忽地站起身，拿起外套走向舞台，將外套披上莉莉醬的肩，此一舉動讓大家瞪大了眼，一時驚訝讓全場鴉雀無聲。

　　男子向少女莉莉醬說道：「要開跑囉！」

在少女莉莉醬還沒反應過來的時候，男子將她打橫抱起，一口氣就往出口的方向奔去。

男子突如其來的動作，讓在場的保鑣一時反應不過來。

「快……快追！」主持人拿著麥克風大聲吆喝，一旁的保鑣才開始動作追了上去。

男子抱著少女莉莉醬，順勢鑽進一旁等候的計程車，關上門示意司機往前加速開離。追上樓的保鑣撲了個空，眼看著計程車駛離他們的視線，懊悔不已。

男子看向後車窗確定對方沒再追上，才鬆了口氣。

少女莉莉醬緊握著西裝外套，劈頭就是一句。

「為什麼你要把我帶走！」

男子被她突然的質問弄得莫名其妙，但看著少女莉莉醬止不住顫抖的雙手，氣定神閒地說道：「不帶你走難道你要在那脫給那些男人看嗎？」

「……」

見女子不說話，男子也不再繼續多說些什麼，車子內瀰漫著尷尬沉悶的氣氛，司機似乎感受到這尷尬的氛圍，緩緩開口道：「請問……先生要去哪……」

男子看向少女莉莉醬問道:「你家在哪?送你回去。」

少女莉莉醬的身體震了一下,低聲說道:「我……沒有家……」

感覺到對方似乎有所隱情的男子,嘆了口氣跟司機回道:「那麻煩請開到ＸＸ路,謝謝。」

少女莉莉醬猛的轉過頭,「你要帶我去哪?」

男子靜靜回道:「回我家。」

「你要帶我回家幹嘛!」少女莉莉緊張的質問道。

男子撫著額頭,有些不耐煩的說著:「小姐,我沒有想要對你幹嘛,你既然都說你無家可歸了,那我只好帶你回我家,還是說你想要露宿街頭?」

「……」

見少女莉莉醬無話可說的模樣,男子也不再多說,車上又陷入一陣沉默,這時少女莉莉突然開口問道:「你叫什麼名字?」

男子不經意的回應道:「閻亦臣」

「向杏」

「我以為你叫莉莉醬呢!」閻亦臣打趣的說道。

「我根本就不想要這個名字！」向杏有些生氣的回答道。

「抱歉，向小姐，為什麼你會選擇做這種『特殊行業』呢？」閻亦臣將心中的疑問順勢問了出來。

「又不是我想要做的……」向杏低著頭不情願的低咕著。

閻亦臣又問：「既然你不想做那為何還要勉強自己？是受人脅迫？還是？」

向杏倏地惡狠狠的抬頭瞪著閻亦臣，「這不干你的事。」

閻亦臣雙手攤開，擺出一副「是我多管閒事了」的態度說道：「好吧！既然你不想說我也不問了，那接下來你有何打算？」

向杏自己也不知道接下來該何去何從，只能低頭不語默默看向窗外，閻亦臣這時突然開口問道：「你缺錢嗎？」

向杏瞬間轉過頭來，毫不猶豫地回答：「對！我缺錢！」

閻亦臣再問：「那你想要工作嗎？」

向杏的眼神透露出不信任的眼神，閻亦臣似乎看穿了她內心的想法，淡淡的說：「放心，不是什麼奇怪的工作，是正正當當合法的工作。」

聽到閻亦臣這樣說，向杏放心了不少，「那......是什麼工作？」

閻亦臣睨細了眼，從頭到尾打量著向杏，被閻亦臣銳利的眼神打量著的向杏，感覺有些不太自在，接著閻亦臣像是面試官般詢問著：「那你是什麼系畢業的？專長是什麼？」

向杏被閻亦臣不苟言笑的話語給震懾住，懦懦的說道：「資訊科技系，專長是程式語言設計。」

閻亦臣思忖了一下，「那你會整理文件、安排會議之類的行政工作嗎？」

向杏停頓了一下，不太確定的回道：「應該......可以吧......」

「好，那明天起床後，跟我一起去公司。」閻亦臣篤定的說著。

「公司？你是公司老闆？」向杏不可思議的張大嘴回應道。

閻亦臣顯得有些得意，嘴角上揚的說道：「是的，我開了間名為宏毅的科技公司，你知道嗎？」

向杏聽了，歪著頭想了想，「沒......沒聽過......」

閻亦臣臉上的笑容瞬間消失，感覺有些自討沒趣，「好吧......那......那算了，總之就是這樣。」

看見閻亦臣的反應向杏不禁噗嗤一笑，覺得眼前這男子的表情相當有趣。

「看來你心情放鬆了不少……」閻亦臣看見向杏的表情，不怒反笑，溫柔的眼神看著向杏，讓向杏著實感到有些害羞。

「你……你家到了沒？」向杏試圖裝沒事，向閻亦臣問道。

閻亦臣向前看了看，「就在前面不遠的地方，快到了。」

閻亦臣向司機示意靠邊停，從錢包掏出幾千元，並搖了搖手表示不用找了，向杏跟著閻亦臣下了車，看著矗立的豪華大樓，嘴巴訝異到合不攏。

看著向杏像是劉姥姥逛大觀園的驚訝模樣，閻亦臣笑了一下，「進來吧！」

向杏跟在閻亦臣的後頭，穿過管理櫃台，走進到電梯隨著電梯按鈕的數字乘坐到 10 樓，電梯門一打開，觸目所及的是整潔乾淨的擺設，明亮的工業風格設計，令人感到溫馨舒適的配色，讓她不禁傻眼驚呼：「你家也太漂亮了吧……」。

聽到向杏的驚呼，閻亦臣顯得有些得意，一面將向杏迎入家中後，閻亦臣也隨手關上了大門，向杏緩緩的走進屋內，內心的激動仍無法平復。

「你……你真住這裡？」

閻亦臣不經意的點了點頭回應「嗯」一聲，向杏好奇的四處張望著，看著向杏驚奇的反應，閻亦臣的內心不禁樂翻了。

因為沒有人會對於閻亦臣的住處感到有興趣，也許是閻亦臣身邊都是與他差不多身份的人，見慣了眾人平淡反應的他，頭一次看見像向杏這樣反應的人，閻亦臣感到相當開心。

向杏四處看了看後，發出驚嘆：「也未免太大了吧……」

閻亦臣裝作不在意的看了看四周，「會嗎？」然後就坐在沙發上，看著像小動物探索新世界般四處走動的向杏，感到著實有趣。

「你進去那間房間看看。」閻亦臣指向左邊角落的房間要向杏走進去。

向杏循著閻亦臣所指的方向走去，推開門打開牆上的燈，明亮的燈光照亮了日式禪風的房間，榻榻米的草香混雜著杉木的香氣撲鼻而來，震憾著向杏的五官。

「哇……這裡也太漂亮了吧！」

「今天你就睡這間吧！」在向杏驚訝的同時閻亦臣輕輕說道

不敢置信的向杏回頭看向閻亦臣，再次確認道：「真的可以嗎？」

閻亦臣笑著點了點頭，向杏開心的正想往床上撲去時，突然意識到自己的行為似乎有些

不要臉，於是按捺住興奮的心情，假裝不經意的回應道：「喔，那……謝謝你……」

閻亦臣看著刻意壓抑住自己情緒的向杏，覺得有些可愛，沒想到她逞強的外表下卻隱藏著可愛少女心。向杏似乎還不太敢踏入房間，閻亦臣笑了一下說道：「早點休息吧！明天還得上班呢！晚安！」說完後便從沙發上起身，走進自己的房間關上房門。

確定閻亦臣走出房間後，向杏隨即關上房門開心的跳上床翻滾。

「好軟的床喔……不想要起來了……」

正當向杏還在床上翻滾的同時，門外突然響起了敲門聲，向杏倏地從床上跳起，整理凌亂的頭髮後，故作正經的說道：「請進。」

閻亦臣拿著盥洗物品和一些衣物走了進來。

「我想你會需要這些東西，衣服是我以前小時候穿的，如果你不介意的話就將就著穿吧！」

看著閻亦臣手上的東西，向杏點了點頭，馬上起身從閻亦臣的手上接過。

「嗯，謝謝。」說完後隨即將門關上。

向杏看著手上的東西，有些難為情的嘆了口氣，「剛剛……他應該沒有聽到吧……」

　　殊不知門外的闇亦臣卻憋笑著離開向杏的房間，覺得這女孩也太過可愛了，這麼可愛的女孩若當時沒把她從舞台上救下來的話，應該會被底下那群狼給生吞活剝到一丁骨也不剩吧……闇亦臣相當慶幸自己當初衝動的決定是對的，滿意的回到了自己的房間。

　　向杏在房間簡單的盥洗過後，回想著今天發生的事情，仍止不住害怕得發抖，原本就已心死絕望的她，沒想到自己還能遇上英雄救美的這等好事，發生這種奇蹟般的轉折，向杏默默的在心中記著闇亦臣給的重生之恩，不知是不是因為緊張的心情一下子全都放鬆下來的關係，向杏疲累的躺在床上，不知不覺沉沉睡去。

第二章

〜惡夢的延續〜

「叩！叩！叩！......向小姐......起床了......向小姐......起床了？」

在睡夢之中向杏模模糊糊的像似聽到有人在呼喊著他，她翻了個身把臉埋進溫暖的被窩當中，嚅嚅囁囁地說：「不要吵......我還要睡......」

「叩！叩！叩！向杏！快點起床，今天你還得跟我去公司......向杏？向杏？」

閻亦臣見房門的另一頭沒有聲音，想進房卻又礙於身份不方便進入女生閨房，無可奈何之下，閻亦臣打了通電話後，便坐回沙發上看著平板電腦上的資訊匯報。過沒多久，門鈴聲響起，閻亦臣開門將女秘書迎進門。

「方秘書，不好意思一大早就麻煩你過來。」

女秘書恭敬的脫鞋入門，「不會，總裁請問向小姐在哪？」

「在那間房，鑰匙在這。」閻亦臣將鑰匙給了女秘書，並指著向杏住的房間。

「那不好意思打擾了。」女秘書走向向杏的房間，打開房門，輕柔的搖著向杏。

「向小姐，該起床了，向小姐......」

只見向杏悶哼了一聲，將棉被拉高蓋住自己的頭，繼續呼呼大睡，女秘書見狀輕嘆了口氣，眼神變得十分嚴厲。

「向小姐得罪了。」女秘書說完後，便用力的將向杏的棉被拉走，抓著棉被的向杏被突然的力道一拉，失去重心的從床上掉落，「碰！」的一聲摔到地板上。

向杏痛的大聲哀嚎：「啊……好痛……幹嘛一直叫人家起床啦……」

還沒睡醒的向杏抬頭一看讓她跌落床的罪魁禍首，是一個她沒看過的美麗女子，隔著眼鏡的細眼透露出冰冷嚴厲的氣息，頓時讓向杏的腦袋清醒了一半。

「你……你是誰？」

女秘書放下手上的棉被，推了推眼鏡，「我是閻總裁的秘書，方琰瑩，叫我方秘書便可，向小姐，您該起床了。」

見向杏清醒了大半，閻亦臣慢慢的走來，倚在門口幽幽的說：「你昨天不是說你需要工作？還是你不想要了？」

向杏聽到閻亦臣的聲音，想起昨晚的對話，向杏現在可是完全的清醒了，馬上從地板上跳起。

「不，我需要工作！」

聽到向杏這麼說，閻亦臣笑了一下，「那給你 10 分鐘準備一下　方秘書手上有件套裝，你今天就穿這套。」

正當閻亦臣說完要離去後，又補了一句：「下次請記得設定鬧鐘，不准再像今天一樣睡過頭了。」

感覺到閻亦臣的口氣有些嚴厲，向杏知道自己似乎有些鬆懈，但回想昨天發生的那些事情，突然一口氣的全都解決了，緊張的心情一時獲得了釋放，換作正常人也會放鬆心情吧......

方秘書看了看向杏淡淡的說：「總裁不喜歡有人遲到，而且既然你答應了總裁要工作，卻又如此的漫不經心......」

向杏看著女秘書感到有些慚愧，「......真的很抱歉......」

方秘書望了向杏一眼，將手上的套裝交給她後說道：「這句道歉，還是留著跟總裁說吧！」

說完後方秘書便離開房間，向杏趕緊換上套裝，頭髮扎成利落的馬尾，走出房門，便看見坐在沙發上的閻亦臣及站在一旁的方秘書。

閻亦臣上下打量了向杏一番，便轉頭向方秘書說道：「感覺這衣服......有些大件......沒有再小件一點的嗎？」

方秘書回答道：「總裁，這是我十年前剛入社時穿的，沒有其它件比它更小號了......真的很抱歉。」

閻亦臣淡然的說：「嗯，沒關係，今天就先讓她這樣穿吧！回頭有空再帶她去做一套。」

　　方秘書將閻亦臣交待的事記在筆記本上後簡短的回覆道：「好的。」

　　閻亦臣從沙發上站起身邁開步伐，「走吧，我帶你去公司，以後你就跟在方秘書的身邊學習，知道嗎？」

　　向杏有些緊張的馬上跟上，「是……」

　　三人便一同出門，坐上公司車前往宏毅科技公司。到了公司後，司機下車將車門打開讓閻亦臣下車，向杏及方秘書緊跟在閻亦臣的後頭，坐上電梯來到 12 樓，走出電梯推開辦公室的玻璃門，直直的走進總裁辦公室，坐上正中央的辦公椅。

　　「方秘書，把各部門經理叫過來這裡開會，我有事情要交待。」

　　方秘書接到指令後，簡短的回覆閻亦臣，便離開至隔壁房的秘書室打電話通知各部門經理，只剩向杏和閻亦臣兩人在辦公室。

　　「呃……那個……」向杏似要開口卻又不知所措的模樣，讓閻亦臣覺得有些疑惑。

　　「怎麼了嗎？」閻亦臣不帶表情的開口問道，讓向杏覺得有些開不了口。

　　「沒……沒事……只是覺得這麼大陣杖的，讓我覺得有些緊張。」

　　閻亦臣輕笑了一下，「不用緊張……這場面跟昨晚的比起來算是小 case。」

向杏有些不服氣的嘟嚷著「這你開的公司、你的手下,你當然不緊張。」

就在向杏還仍挺直著腰等待的時候,辦公室的門突然被打開,大約 6-8 個人魚貫而入,讓向杏更加緊張,最後方秘書走到閻亦臣身邊示意著大家都已全到,閻亦臣才從椅子上站起身,並向大家介紹一旁的向杏。

「各位早安,這位是從今天開始會與方秘書一同共事的助理秘書——向杏,請大家掌聲歡迎她。」

向杏顯得有些害羞,緊張的握緊雙拳說道:「大……大家好……我……我是向杏,請大家多多指教!」

在此起彼落的掌聲中結束了員工介紹,瞬間氣氛降至冰點,大家的神色也凝重了起來,向杏知道現在開始便要集中精神開啟工作模式,果不其然閻亦臣拿起桌上的資料,一邊翻閱著一邊向各部門交待著工作,寫筆記的沙沙聲不間斷的在辦公室回響著,讓向杏不自覺的感到壓力大了起來,她看著閻亦臣認真的模樣不禁看得出神。

人家都說認真的男人最有魅力,果不其然,閻亦臣認真的時候頗帥的,雖然平常沉穩冷靜,總是能把事情做得一絲不苟,但認真工作的他,著實將平常的層次再度拉高,高冷的感覺,散發出生人勿近的氣息,讓人難以接近。

就在向杏看得出神的同時，閻亦臣也交待完事情，將各部門的經理遣散回去工作，僅留下他們兩人及方秘書在辦公室。

「向杏，剛剛你是不是在發呆？」

被閻亦臣發現自己神遊的向杏，緊張得愣在原地不知道該怎麼回答。

方秘書順勢接話：「總裁，向小姐才第一天來，不曉得你們在說些什麼，也搞不清現在公司的狀況，接下來我會盡全力好好的教導她的。」

由於方秘書的直言化解了尷尬，讓向杏不禁對方秘書投以崇拜的眼神，閻亦臣聽了之後輕嘆了口氣。

「好吧，既然方秘書都這麼說了，那向杏你好好的跟著方秘書學習，知道嗎？」

向杏點了點頭，「好的！」

正當閻亦臣要請方秘書和向杏離開的時候，電話聲剛好響起，方秘書流利的接起電話。

「您好，這裡是總裁辦公室，我是秘書，敝姓方，請問有什麼能為您效勞的嗎？」

看著方秘書熟練的口吻、動作，向杏崇拜地看著她，打從心裡覺得方秘書做得真是周到有禮，不愧是跟在閻亦臣身邊多年的秘書小姐。

正當向杏還在感嘆不已的時候，方秘書突然放下電話，轉向閻亦臣說道：「總裁，新鋒科

技的吳總經理說現在要過來與您親自會面，口氣似乎有些不太好……」

　　閻亦臣想起昨晚與吳總經理的聚會發生的事，再看向一旁的向杏，閉著眼嘆了口氣。

　　「唉……好吧……差點都忘了這事……」

　　正當閻亦臣話一落完，辦公室的門「碰」的一聲的被打開了。

　　「閻亦臣！你是存心和我過不去的嗎？」

　　吳總經理氣憤的走進辦公室，方秘書迅速走上前，並安撫著吳總經理。

　　「吳總，先別生氣，請坐在沙發上，我為您倒杯茶。」

　　方秘書的話似乎沒有緩息吳總經理的怒意，向杏則在一旁不知所措的站在原地，坐下沙發的吳總經理瞥見站在一旁的向杏，眼睜著圓大。

　　「啊！你不是昨天那個舞女？叫什麼來著……莉……莉莉醬！」

　　聽見吳總經理驚訝的大叫自己莉莉醬，嫌惡感立刻爬滿了向杏全身，不由得的突然大喊：「我才不是什麼莉莉醬！」

　　閻亦臣看見向杏的反應，猜想著吳總的一番話又再度觸碰到向杏不願想起的那段謎之過去，便站起身向吳總走過去。

「吳總，你認錯人了，她不是莉莉醬，她是我們新進的助理秘書向秘書。」說完後便轉頭接著說:「向秘書，你去看看方秘書的茶準備好了沒。」

向杏意識到閻亦臣的視線，隨即離開現場。

「欸……欸……明明她就是莉……」

「吳總，今天來應該就是為了昨晚的事情吧！」

吳總經理尚未說完，便被閻亦臣強行搶話，帶開話題，吳總經理看了一下閻亦臣冷冽的臉色，令他只好放棄繼續追究莉莉醬的事情。

似乎被剛剛的向杏有些震驚到的吳總經理，氣憤的心情有些消散，但不滿的情緒仍充斥在他的內心。

「閻老弟，我們不是要談合作嗎？昨日我帶你去我認識的老店，你這樣一聲不響的就把他們家招牌的舞小姐帶走，你這不是存心給我難堪嗎？」吳總經理沒好氣的抱怨道。

閻亦臣知道自己的衝動肯定會惹得吳總經理不高興，安撫道:「吳總，這件事是因我而起，若你不與我們合作，也沒關係，要多少賠償我也可以賠……」

吳總經理搖了搖頭，「不了，這事沒這麼嚴重，你只要把舞小姐交還，昨晚的一切我們就當沒發生過。」

　　閻亦臣一聽，心中感到一絲不悅，想起要再把向杏送入虎口，閻亦臣也堅定的回絕道：「免談。」

　　吳總經理一聽，火氣「咻！」地直上，使盡全力的蹬了一下桌子。

　　「閻亦臣！你不要太過份，別以為你杖著自己是全亞洲資訊公司的第一把交椅，就可以這樣恣意胡來。人家交待要我把舞小姐帶回去，就不跟我計較，你說，你到底看上了那個舞小姐什麼？」

　　閻亦臣沒被吳總經理的氣焰給震懾到，反倒氣定神閒的說著：「我是不知道你們之間的協議是什麼，也不曉得你朋友是從哪來的管道弄來的舞小姐……」

　　吳總經理像似有所隱瞞的止住了話，閻亦臣繼續說道：「說吧，除了把那個舞小姐交還給你之外，還有其他的選擇嗎？」

　　這時，向杏和方秘書從一旁的茶水間端了茶回來，吳總經理越過方秘書，看向躲在身後的向杏，更加確定這個人的的確就是昨晚被閻亦臣帶走的舞小姐，吳總經理，突然靈光一閃，心生一計。

　　「不然……你就把那個助理秘書交給我好了，讓我也有個好交代。」

　　閻亦臣挑眉一皺，口氣有些嚴厲地回應道：「你想要我的助理秘書？為什麼？」

　　吳總經理輕笑一聲，「反正你們公司員工這麼多，應該不差一個新進的小秘書吧！剛好我的公司也缺了個位子，就不知道閻老弟是否願意讓賢呢？」

　　聽到吳總經理這麼說的向杏，臉上瞬間爬滿了恐懼的神色，閻亦臣察覺到向杏的不安，便開口說道：「吳總經理，我這新進的小秘書，剛進公司還沒多久，什麼都還不會，去到吳總經理的公司只會添亂手腳，若吳總經理缺人手的話，我倒是很樂意幫您找一個適合貴公司的助手。」

　　吳總經理揮了揮手，絲毫不在意，「欸～不用，不用，沒訓練剛好到我那邊受訓練，我那邊的人事主管可精明的，這倒不用閻老弟操心。」

　　閻亦臣嘆了口氣，默默地站起身，走向大門並緩緩打開，「吳總經理，真的很抱歉，我無法將我們的小秘書交給您，合作我也不與您談了，至於違約賠贖的金額，再麻煩請您的秘書與我們的方秘書交代，我會開支票給您的，請您放心。若沒有其他事情的話，那今天的會面就到此為止，不送。」

　　吳總經理看到閻亦臣的強硬態度，開始變得惱羞，用力的拍下桌子，「你……好……你很好，我們走著瞧！」

　　吳總經理氣憤的領著秘書離去，閻亦臣目送完吳總經理的離去，便關上門坐回座位。

「那⋯⋯那個⋯⋯抱歉⋯⋯對不起⋯⋯都是因為我⋯⋯」向杏一臉愧疚的低著頭，眼眶泛淚的抽噎哽語。

閻亦臣輕聲說道：「不⋯⋯不是妳的問題，是當時的我衝動，處理不當，與妳無關。」

「可⋯⋯可是⋯⋯」當向杏欲再說些什麼的同時，方秘書出面阻止了她。

「向小姐⋯⋯沒關係的⋯⋯這件事總裁他會處理的，今天你先回家休息好了，受到剛剛這一番驚嚇，我想你應該也無心工作，我請司機送你回家好了，總裁這樣可以嗎？」

方秘書望向坐在位子上的閻亦臣，閻亦臣點了點頭，方秘書便打電話聯絡司機，並請向杏到樓下等待。

向杏離去前望向閻亦臣，閻亦臣也只是笑了笑沒說些什麼，便讓向杏離去。見向杏離去後，方秘書本能的鎖上門，走向閻亦臣面前。

閻亦臣抬頭看了一下方秘書，笑了一下，「我知道你要說什麼，這件事我已想好該怎麼做了，你幫我打一通電話到新鋒科技。」

方秘書疑惑問道：「是要打給吳總經理嗎？」

閻亦臣輕笑一聲，「不⋯⋯我要打給他的大老闆。」

方秘書點頭了解閻亦臣的用意，只要在科技業打滾的都知道新鋒科技的老董李芳梅是江

湖上人人都害怕的母老虎，在 3C 電腦剛出現還不盛行的時候，新鋒科技的老總憑著一己之力，靠著直覺買下數千萬的配備，培養一群資訊人材，以迅雷不及掩耳的速度，在短短幾年就成為國內外搶著交易合作的對象，可說是 10 幾年前的業界龍頭，但由於前些年出了場車禍，再加上年紀老邁，復元速度緩慢，不得不將公司交由下一代經營，可惜她的兒子曹宮希就是個紈袴子弟，扶不起的阿斗，每天只顧著吃喝玩樂，公司的事都交由吳總經理全權來打理，以致於養成吳總經理這種狐假虎威，囂張拔扈的姿態。

　　若非到不得已，閻亦臣也不會出到這一步棋，畢竟要勞煩到負有傷殘的老人家出面，閻亦臣也有些於心不忍。

　　過了幾十分鐘與李芳梅的長談，閻亦臣緩緩掛上電話，頓時鬆了口氣。

　　方秘書試探性的問道：「都處理好了？」

　　閻亦臣笑了一笑，「還沒……還有一個人需要開導開導。」

　　方秘書點了點頭，像是了解閻亦臣接下來要做什麼說道：「閻總對於向小姐可真是上心。」

　　閻亦臣笑了笑，「方秘書在瞎說些什麼，我和向小姐也頂多只是……嗯……雇主和雇傭人的關係罷了……」

　　方秘書挑了挑眉回道：「是嗎？」，不待閻亦臣的回應，便轉身撥了通電話請司機駕車過來。

「方秘書真是愈來愈難搞了呢……」正當閻亦臣在心中犯嘀咕的時候，方秘書輕輕回道：「閻總，我聽到了！」

閻亦臣一聽寒毛直悚，然後打哈哈笑道。

「哈哈哈……車子好像來了，我先下去了。」說完後便拿起西服起身離去，方秘書看著閻亦臣離去的背影，不禁搖頭嘆氣。待閻亦臣搭乘電梯下樓，走達門前時，恰巧專車也剛抵達公司門口，接上閻亦臣後，便直往閻家駛去。

回到閻家的向杏，回想著剛剛在公司發生的事，仍止不住的發抖，她深怕自己又得要回去那陰暗充滿煙哨和脂粉味的地方，她一個人坐在沙發上，抱著抱枕瑟縮在角落。

閻亦臣他應該不會把我交出去吧？萬一……萬一他把我交出去的話……怎麼辦……我不想回去……原皓……你在哪……你在哪……

向杏突然想起了她的同居男友，也想起自己住的地方，但她仍然想不起自己為何昨夜會在那個舞廳，被脫光強迫穿上少到衣不敝體的舞衣，然後上台表演，但深怕自己又被閻亦臣交出去的向杏，突然從沙發上起身，穿上鞋直奔出閻家。

憑藉著回想的記憶，向杏走到一棟出租公寓前，望向自己與原皓居住的位置，向杏走向電梯，按下三樓的電梯鍵，隨著「噹」的一聲，向杏終於到達了她與原皓一起住的３０３號房，

向杏一直按著電鈴都沒見原皓出來，向杏愈是著急，電鈴按得愈是急促，這時隔壁房的門打開，走出來一位中年婦女。

「哎呀……原來是向小姐……你不是搬走了嗎？」

向杏見到隔壁的中年婦女，原來是房東太太，但她不解的是房東太太說她已經搬走了？明明才一天沒有回來而已怎會說她搬走了呢？

「房東太太……我……我沒搬家呀？你是不是誤會了什麼？」

「咦？可是你男朋友就帶著大包小包的，來跟我拿回押金後就說你們要搬走了呀……」

房東太太話未說完，向杏便抓著她喊著：「什麼？怎會這樣……鑰匙……鑰匙在哪？我要進去看看！」

房東太太從口袋緩緩拿出鑰匙，向杏一把搶走，慌忙打開門衝進房裡，結果看見房間內空無一物，連她的存摺、印章都不見了，衣服什麼的日常用品也全都沒了，向杏雙腿發軟，驚呆地坐在地上。

「我的東西……我的錢……原皓……」向杏失神的喃喃自語著，房東太太有些擔憂的詢問道：「向小姐……你……沒事吧？」

　　向杏似乎有聽到房東太太的聲音，努力的
撐起身子，緩步走出房間，任憑房東太太怎喚她，
向杏都沒回應，心中不斷的盤旋著各種想法。

　　為什麼......為什麼會這樣？原皓呢？他去
哪了？他為什麼要這麼做？到底是發生什麼事
情了？

　　完全搞不清楚狀況的向杏，跌撞走在來的
路上，隨著晌午的太陽日漸炎熱，向杏不知道自
己該去哪，她發覺原來自己已經失去一切，覺得
自己好像被這世界抹滅一樣，向杏無助地蹲在
樹下，開始放聲大哭。

　　回到家的閻亦臣，原本以為向杏會在房間，
打開房門查看卻看不到向杏的人，在家裡四處
尋覓了一番，仍不見她的蹤影，閻亦臣心裡開始
感到有些焦急。

　　「這傢伙是跑哪去了......」與此同時，閻亦
臣撥了通電話給方秘書。

　　「方秘書，向杏不見了！快......快去跟樓下
的管理員打聽一下向杏去哪裡了。」

　　「是！」方秘書掛掉電話後，隨即與樓下的
管理員電話確認，閻亦臣則是在家四處查看，看
能否找到一些蛛絲馬跡，可惜一無所獲。

　　這時，方秘書打了通電話回來向閻亦臣說
道：「總裁，剛剛管理員說他看到向杏神色慌張
的一路狂奔出去，調閱了監視錄影機的影像，向
小姐是往孝德路的方向過去。」

「好的，看看時間她應該也不會走太遠，先沿路找找看再說。」閻亦臣掛掉電話後便往孝德路的方向，尋找著向杏的蹤跡。

一路上閻亦臣都見不著向杏，閻亦臣著急的心愈是忐忑不安，深怕向杏又在胡思亂想，做出一些傻事，再加上因為昨晚的事情，向杏的精神狀況還不太穩定，然後今天又上演吳總經理跑來要人的戲碼，無疑是火上澆油；這讓閻亦臣的心始終放不下，在遠方看見方秘書也趕來參與尋找向杏的下落，閻亦臣小跑上前，與方秘書會合。只見方秘書搖搖頭，閻亦臣知道希望又落空，他冷靜的想一想，猜想著向杏會去的地方。

「她除了我這裡還會去哪……難不成……」

方秘書似乎知道閻亦臣的想法，試探性的問道：「總裁，她該不會是回家了吧……」

聽到方秘書把自己心中的猜測說了出來，閻亦臣更加肯定自己的想法沒錯。

「對……有可能……方秘書，你查得出她家在哪嗎？」

方秘書皺了皺眉頭，語氣有些沉重：「總裁……這有點難度……畢竟我們和向小姐也才認識不到一天的時間……也沒經過深談……對於她的背景也不曉得……要查出她家在哪……真的……很困難……」

聽到方秘書這麼說，閻亦臣想想也是，畢竟他與向杏相處也還不到 24 小時，對於她是怎樣

的人、身家如何之類的都一概不清楚，只憑名字就要找出人，也實在是太過於艱難……

看到閻亦臣如此苦惱的模樣，方秘書還是第一次見到，為了能解決總裁的困擾，方秘書大膽的向閻亦臣提議道。

「其實……還有一個方法……不過這會惹得吳總經理不開心……不知總裁是否願意一試？」

閻亦臣聽到方秘書這麼說，眼睛為之一亮，「什麼方法？」

「既然向小姐是舞廳的人，或許可以從舞廳打聽到向小姐住的地方……」

閻亦臣恍然大悟。

「對，我怎麼沒有想到……方秘書，你請幾個保鑣，陪同我一起去砸·場·子！」

看著閻亦臣邪笑的模樣，方秘書感到有些不安，但仍還是依閻亦臣的指示辦理，沒幾分鐘，保鑣們駕著車來到倆人的面前，閻亦臣開心的和方秘書一同上了車前往昨晚的舞廳。

由於舞廳早上尚未開業，大門緊閉，門面上還掛著「準備中」的牌子，閻亦臣無視掛在上面的門牌，「涮」地一聲打開了店門，與保鑣一同進入舞廳。

一進舞廳便看見一名留著雞冠頭，穿著嘻哈的男子在低著頭掃地，一面說著：「不好意

思......我們還沒開始營業喔......」，語畢抬起頭便看見閻亦臣一行人，嚇的大喊：「咦！！你不是昨天把我家舞小姐擄走的那個人！？」

閻亦臣笑了一下，「怎麼，有問題嗎？」

身兼打雜與舞廳主持人的男子，氣憤回道：「你把我們的招牌舞小姐還來喔！不然......」

「不然怎麼樣？」閻亦臣及身後的保鑣愈是向他靠近，主持人兼打雜的男子說話開始打顫。

「不......不然......我要去跟老大說！」

閻亦臣開心的大笑。

「哈哈哈～快去，正巧我找你們家老大有事！」

主持人兼打雜的男子溜似的趕緊跑去店後面的小房間，閻亦臣一伙人，一屁股就坐在沙發椅子上等著舞廳的老大過來。隨著漸近的腳步聲，本以為會是個壯碩的大漢，但沒想到從房間出來的是一名濃妝豔抹的女子。

「呦，聽說有人帶人來砸場子，我想說是誰呢......原來是個生面孔......」

女子抽著煙，一副無所畏懼的樣子，姿態搖曳的走到閻亦臣面前。

「呵......近看長得還挺不錯的嘛，諾......報上名來！」女子高傲的態度，根本沒把閻亦臣一

33

行人放在眼裡，但閻亦臣也不在意，只要能問到關於向杏的情報，怎樣都行。

「我是宏毅科技的總裁閻亦臣，也是昨晚擄走你們家的舞小姐的人。」

女子一聽突然大笑了起來。

「呵呵呵……原來是你……我想說是誰這麼大膽敢當眾把我的人擄走……可謂是初生之犢不畏虎啊……」女子一邊說一邊將手繞上閻亦臣的臉。

方秘書欲上前阻止卻被閻亦臣擋了下來。

「不知大姐怎麼稱呼？」閻亦臣開口的同時順勢將女子的手從自己的臉上挪開，不慍不火地問道。

女子覺得自討沒趣，便坐回位子上。

「施久兒，這裡的人都叫我十九姐。」

「好的，施小姐，今天我到這裡來有二件事情要與您談，第一是關於我擄走你們家舞小姐的賠贖費用，第二是關於那位舞小姐的個人情報。」

施久兒一聽，又便放聲大笑。

「唉唷……好久沒有人敢跟我談條件了……你可知道我是誰嗎？」

　　閻亦臣搖了搖頭:「我不知道你是誰, 我也沒興趣知道你是誰, 但我只想要知道我想知道的事情, 可以請十九姐配合嗎? 」

　　施久兒一聽, 臉色變得有些沉重, 「呦......你滿囂張的嘛......倒是個有趣的小子, 你難道不怕被我給弄掉嗎? 」邊說邊比著割喉的手勢。

　　閻亦臣微微的笑了一下, 「我想這句話應該是我要原封不動的還給你, 我想憑你在江湖上打滾多年的經驗, 應該早就打聽過我這個人了吧! 也知道我的個性不是這麼好惹的, 也不是個很好打發的人, 你說是吧? 」

　　施久兒內心知道, 來過舞廳的各行各業大人物, 都與他交好, 閻亦臣的交際手腕可說是伸得特別長, 是個麻煩人物, 一旦得罪了, 這舞廳若說要繼續經營下去也有些困難......

　　施久兒深吸了一口, 緩緩的從口中吐出裊裊雲煙, 嘆了口氣說道:「好吧! 算你贏! 舞小姐的事情我也不追究了, 也不用賠贖, 不過......倒是希望您能跟我合作。 」

　　閻亦臣皺了一下眉, 疑惑的問道:「合作? 怎麼說? 」

　　施久兒說道:「我們這舞廳要經營下去也是需要點資金的, 若沒有乾爹們的幫忙, 我們也難以繼續生存......」

　　「說重點......」閻亦臣有些不耐道。

　　「好吧！總之我給你要的情報，你給我要的資金，如何？」

　　「也就是說，用錢換情報是嗎？」閻亦臣結論道。

　　施久兒點了點頭，「沒錯，這筆生意你要做嗎？」

　　方秘書推了推眼鏡問道：「請問要出多少？你才會賣情報給我們？」

　　施久兒笑了笑，「當然得看情報的價值值多少而訂囉！」

　　「你……」聽施久兒的意思，方秘書感覺施久兒像似在趁機敲竹槓，顯得有些氣憤，欲上前理論時，卻被閻亦臣給阻止。

　　「好吧，那請問舞小姐的情報值多少？」閻亦臣開口問道。

　　施久兒看了一眼閻亦臣比出了個五的手勢。

　　「五萬的話我們這邊有現金……」方秘書說完正欲從錢包拿出錢時，卻被施久兒大喊。

　　「欸欸欸！不是五萬，是五十萬，少了一個零差很多好嗎？」

　　「你不要得寸進尺！」方秘書氣憤得大喊，卻被閻亦臣阻止，並安撫道：「方秘書……我很少看你生氣，第一次見你如此大動肝火，別生氣、別生氣。」閻亦臣看向施久兒。

「五十萬成交，你說吧！向杏到底是你從哪找來的舞小姐。」

施久兒翹起二郎腿輕描淡寫的說：「人家給我的抵債品。」

「蛤？什麼意思？」閻亦臣不解道。

嫌解釋有些麻煩的施久兒嘆了口氣緩緩說道：「我們這裡有個常客叫原皓，他欠我們舞廳不少錢，我們追討數次都要不回，有天我們給他最後的期限，如果他再不交出錢來的話就要拿他的命來抵，後來我也不曉得他從哪扛來一個女的，似乎被他下了藥，來的時候還睡著，他說這是他的女朋友叫向杏，要拿這女的來抵債，我看這女的也長的挺標緻的，是我們舞廳裡沒有的類型，所以就答應他了，後來……好像就再也沒看他來過了。」

閻亦臣聽著聽著不禁火大了起來，他按捺住怒氣問道：「所以你們就這樣逼良為娼嗎？」

施久兒笑了一下，「拜託，閻大人，我這裡可是舞廳，可不是慈善機構，這裡的舞小姐哪個是自願來當的？要生活下去就要給我工作！再說，欠債還錢本就是天經地義的事，他給我賺錢工具抵債，我有什麼不收的道理？」

聽著施久兒的一番話，閻亦臣也覺得不無道理，雖然怒氣難平但也只能壓抑住，他接著問道：「那你知道那個叫原皓的男人住哪嗎？」

「知道，我派一個人帶你過去。」施久兒向站在一旁主持人兼打雜的男子勾了勾手指示意要他過來。

「狗豆子，帶閻大人去原皓家。」施久兒命令道。

「啊？要我去？」狗豆子有點不太情願的看著施久兒。

施久兒一聽，狠瞪了一下狗豆子，然後用力的踹了一下他的屁股。

「廢話，整間店就只剩你一個人的，不叫你去叫誰去？難道是我嗎？」

狗豆子被這樣一踹嚇得語無倫次「好……好……好啦……我去就是了……」

閻亦臣一行人就這樣領著狗豆子要前往原皓家，要走出門外前，施久兒朝閻亦臣射了張名片，淡淡地說了一句:「下次有什麼需要幫忙的，請記得營業時間再來。」

閻亦臣接過名片後，禮貌性地點了一下頭，「是的，不好意思打擾您了。」隨後便關上店門。

方才熱鬧喧騰的舞廳頓時安靜了下來，施久兒默默的點起了一支煙，嘆道:「是一見鐘情嗎？還是同情心作祟？呵……」像是洞悉一切的口吻，讓施久兒不禁羨慕起向杏的好運。

第三章

〜温情〜

　　在大樹下哭了許久的向杏，肚子也開始餓了起來，雖然過程中有不少路人上前關心，但失神的她沉浸於悲傷中而完全無視對方，當她意識到自己的生理需求向身體提出極度的抗議時，她才不甘不願地起身尋找食物，看著街道上櫥窗內的美食，嘴上唾液向她發出渴求的訊號，摸了摸口袋發現自己的身上沒有帶錢，只能撫著飢餓的肚子漫步在街道上，一路看著櫥窗內的美食望梅止渴，這時她看到一間餐廳裡面有個熟悉的身影。

　　向杏不自覺的被吸引了過去，她仔細定睛一看，不禁脫口而出。

　　「原……原皓？」

　　正當向杏要上前找尋那個人影時，發現他的桌前正坐著一名女性，狀似親密的，兩人雙手互勾，一同進餐。

　　向杏看傻了眼，她沒想到她的男朋友正和別的女人卿卿我我互餵食物，再想起他擅自把自己的東西帶走、押金拿走，氣得要上前理論的時候，卻被即時趕來的閻亦臣給阻止。

　　「向……向杏，我可終於找到你了！」

　　「你……你放開我！」向杏掙扎道。

　　「向杏，你冷靜點，是我，閻亦臣。」

聽到是閻亦臣的聲音，向杏停止了掙扎，她看向閻亦臣，眼眶中的淚珠撲簌撲簌的流了下來。

「閻亦臣……我到底該怎麼辦……我到底是發生什麼事情了……一夕之間我什麼都失去了……連原皓也……嗚……嗚……」

看到向杏哭的如此狼狽，閻亦臣感到有些心疼，忍不住輕輕地將她擁入懷中。

「沒事……沒事的……有我在……」

向杏聽到閻亦臣溫柔的話語，緊繃的心瞬間放鬆了下來，頓時眼前一片黑，暈了過去，嚇得閻亦臣有些不知所措。

「向……向杏？你……你怎麼了？你醒醒呀！」

方秘書趕緊走到閻亦臣的身邊，探了探向杏的鼻息，簡單的查看了一下身上是否有無外傷，才放心的跟閻亦臣報告。

「總裁，別擔心，向小姐只是暈倒了，可能最近一連串的刺激讓她有些承受不住……」

閻亦臣聽到方秘書的報告，頓時放下緊張的心情，他抱起向杏往車子的方向走去。

「方秘書，待會請林醫師到府為向杏檢查一下，向杏的工作培訓先暫時停止，先讓她好好的休養再說。」

「是的。」

閻亦臣就這樣領著一行人坐上車後離去，待到達閻家，向杏經過林醫生仔細的檢查後，除了過度緊張加上些許的營養不良外，受到大量刺激的心情影響到了她內在的心理疾病，需好好的觀察。

閻亦臣看著向杏的睡顏，如此的純潔迷人，卻又無端的遭受到這麼多的波折，著實令他心疼不已，這樣的感覺是閻亦臣久久未曾感受過，他知道自己在不知不覺中已對這女孩傾注了心意，但不知這是因為同情的作崇，還是著迷於她本人的特質，閻亦臣暫時不想管這些，目前他只想好好的照顧眼前這位女孩，給她最大的安全感，這是他能想到最為首要做的事。

為此，閻亦臣下了一個天大的決定，他將向杏的手掬起，緩緩的向方秘書說道。

「方秘書，最近的行程通通都幫我延後1個月，除非是要緊的事，否則別來打擾我。」

方秘書感到有些驚訝，「該不會總裁你......」

閻亦臣握著向杏的手，一臉愛憐的看著向杏說著：「對......我要陪著她......」

方秘書有些擔憂，這麼長的時間如果閻亦臣都不進辦公室處理公務的話，公司不知會亂成什麼樣子，她試圖想要說些什麼阻止閻亦臣這瘋狂的想法。

「可……可是……」

閻亦臣緩緩的說：「我知道……但沒關係的，公司的事情還有你在不是嗎？有什麼問題立即向我稟報便是，只不過這陣子得委屈你坐鎮公司了……」

聽著閻亦臣如此信任自己的話語，方秘書也不便再多說些什麼了，便嘆了口氣，推了下眼鏡說道：「不……別這麼說……那我去跟各部門交待一下……」方秘書點了點頭便與林醫師一同退出房間，剩下閻亦臣和向杏兩人在房間。

看著向杏的睡顏，閻亦臣的手不禁往她的臉上拂去，不知是不是被閻亦臣這樣舉動驚醒的向杏，突地睜開眼，看著天花板，然後頭慢慢地轉向床邊的閻亦臣。

「我……我在哪？」

閻亦臣笑了笑，「你在家呀！」

向杏搖了搖頭，「我沒有家……我沒有……我什麼都沒有了……」說著說著，眼淚又從臉頰滑落，閻亦臣心疼的為她拂去臉上的淚珠。

「你還有我，知道嗎？有我在！」向杏聽到閻亦臣這麼說，先是愣了一下，接著突然大笑了起來。

面對向杏突然的反應，閻亦臣有些嚇到，他不懂向杏在笑些什麼，用不解的眼神看著眼前的向杏，正想說些什麼的同時，向杏坐起身來，

開始歇斯底理的大叫：「我跟你也才剛認識沒多久，不要這麼輕易的說出這種話！你根本就不懂……你不懂……啊……我也不懂我自己……我不懂！我不懂！我什麼都不懂！啊！！！！」

向杏像發了瘋似的拉扯著自己的頭髮，不停地捶打著自己的腦袋，閻亦臣頓時間看傻了，但身體的本能讓他衝上前抱住了發狂中的向杏。

「向杏，你冷靜點！你冷靜一點好嗎？」

向杏仍持續的發狂大吼，閻亦臣不知道該如何讓她冷靜下來，只能緊緊的擁抱著她，任憑向杏發狂得像野獸般，對他抓撓、啃咬，閻亦臣也不悶哼一聲，待向杏掙扎到了無力，停止這一切時，閻亦臣才緩緩地將她推離自己的身體，語帶關心的輕柔問道：「你好一點了嗎？」

被閻亦臣這樣溫柔言語詢問，向杏慢慢的回過神，眼淚又止不住的落了下來。

「閻亦臣……我到底該怎麼辦……」

閻亦臣拍拍向杏的肩膀，「你願意和我說說你最近發生的事情嗎？」

向杏撫著頭搖了搖，「可……可是……我……我記得的並不多……」

閻亦臣安慰道：「沒關係，你把你記得的都說出來，我們一起來好好釐清一下到底發生了什麼事情，我們再來一起想辦法解決，好嗎？」

　　向杏在闇亦臣溫柔的引導下緩緩地說出這幾天來發生的事情。

　　向杏和原皓是在同事的介紹下認識的，兩人在短暫的認識幾個月後就交往了，交往過程中相當的順利，直到有一天，原皓常常與向杏說要加班，沒辦法時常陪伴她，向杏也不疑有他，就這樣過了半年，原皓突然提議到同居這件事，這對向杏來說無疑是最佳的選擇，一來省去了房租，二來又能增加與原皓的相處時間，於是二話不說便答應了原皓的提議，但與原皓同居的這幾天，向杏總是發現原皓半夜都帶著酒氣和香水味回家，向杏生氣的詢問，卻都換來一句「這是交際應酬不得不去」的理由，這讓向杏十分無奈。有時卻又帶著同事一起來家裡喝酒聊天，由於向杏不勝酒力，時常喝沒幾口就先回房睡了。而這次也是，但不曉得為什麼自己明明就在床上睡，醒來後卻在舞廳，被逼迫著換上布料少得可憐的亮片舞衣，向杏想不起她喝醉的時候到底發生了什麼事情……也不曉得原皓去了哪裡，等到回到她與原皓同居的房子時，卻人去樓空，什麼都沒了，連她的存摺、印章等貴重物品也全都不見了……

　　闇亦臣聽完不禁憤恨的說了句「渣男」。

　　向杏卻為他辯解道：「他可能是有什麼原因吧……或許是搬到更大的地方，只是還沒告訴我，想給我驚喜之類的……」

閻亦臣憤怒的說道:「事到如此,你還要替他說話?你知道就是他把你賣給舞廳當舞小姐的嗎?」

向杏聽到閻亦臣這麼說,完全不敢置信,「不......不可能......肯定是有什麼地方搞錯了......」

閻亦臣將向杏摟進懷裡,「這是我剛剛去舞廳打聽到的消息,確切無誤......」

向杏呆愣在原地,沒想到自己深愛的男人,竟是將她親手推入深淵的惡魔,向杏絕望地放聲大哭,「為什麼他要這樣對我......為什麼......」

不捨向杏如此的痛苦,閻亦臣只能用力地抱緊她,輕撫著她的頭,讓向杏大哭發洩情緒,待向杏哭累了昏睡過去後,閻亦臣才慢慢將她放回床上,並蓋上被子,走出房門。

閻亦臣坐到客廳的沙發上,氣憤地捶打沙發上的抱枕。

可惡,原皓這個渣男,哪天被我找出來,我肯定要把你碎屍萬段!

閻亦臣拿出西裝內側口袋的名片,撥打了電話。

「喂!哪位?」電話另一頭傳來女子不開心的聲音。

「是我,剛剛有去拜訪您的閻亦臣。抱歉,打擾十九姐了。」

施久兒一聽是閻亦臣，「嘖」的一聲，「我不是說請你營業時間到的時候再來找我嗎？大清早的一直擾人清夢是什麼意思？」

閻亦臣不慍不火地說道：「我五百萬跟你買個情報，這樁生意你做不做？」

聽到閻亦臣獅子大開口的喊價買情報，作為商人的施久兒不由得眼睛為之一亮，口氣態度馬上轉好。

「真的嗎？閻大人，出手真闊氣，你想要什麼情報我馬上為您取得。」

「我要『原皓』，生要見人死要見屍，帶活的給我，再加五百萬，共一千萬，這價碼如何？」

聽到這天價的情報，施久兒一聽就知道一定得要抓活的才行，「當然沒問題，我這一有消息便馬上通知閻大人。」

閻亦臣滿意地掛上電話，靜待施久兒的消息，到了晚上，方秘書依著閻亦臣的吩咐買了些晚餐回來，放下食物後便離開閻家，在房間熟睡的向杏像是聞到了從客廳傳來的陣陣香味，突然從房間裡醒來，看著黑漆漆的房間，望向從門縫透出一絲光線的房門，向杏感覺有些疲累，但礙於肚子不斷的發響，向杏勉為其難的起身打開房門，便看見閻亦臣坐在沙發大啖雞腿，聽到房門被開啟的閻亦臣望向聲音的來源，便看到向杏站在門前，一動也不動的站著。

「來，快來吃飯，我不知道你喜歡吃什麼，
於是什麼都點了，來，你快來看看這裡有沒有你
喜歡吃的。」

閻亦臣一邊說一邊揮手示意著向杏走過來，
向杏呆呆地走了過去，一屁股就坐在閻亦臣旁
邊的沙發上。

「這隻雞很好吃喔，是我在中華樓買的，你
知道中華樓嗎？那裡的食物超好吃的，在辜狗
評論上有 5 星的好評喔！還有這個海南雞飯，
這個泰式打拋豬也不錯，還有這個……」

聽到閻亦臣滔滔不絕的介紹，向杏一個字
也沒聽進去，默默地拿起一旁的義大利麵靜靜
吃著，兩眼無神地看著電視螢幕。

閻亦臣看到向杏在吃著義大利麵，開心的
不停詢問著：「向杏？好吃嗎？好吃嗎？」

聽著閻亦臣的詢問向杏的眼眶又泛起淚，
一邊吃著義大利麵，一邊順著臉頰滑落，這讓閻
亦臣看得著實心疼。

「怎麼又哭了……？」

向杏搖了搖頭擦掉眼淚，「沒……沒事……
只是……只是……我不明白……你……為什麼對
我這麼好……？」

閻亦臣無奈的笑了笑，輕輕撫了撫向杏的
頭，「你想這麼多幹嘛？難道……這會讓你覺得
困擾？」

「不……不是這個意思……」向杏連忙搖頭，深怕閻亦臣誤會。

「那就別想這麼多，今天發生這麼多事情，已經夠你想的了，你還是乖乖的吃飯好嗎？」

在向杏點著頭的同時，他想起今天吳總經理帶人來要人的場面，向杏有些擔憂的問道：「那你會把我交出去嗎？我還會回去那個地方嗎？」

面對向杏的擔憂，閻亦臣搖了搖頭，「不會，永遠不會，我既然把你救了出來，我就不會再讓你回去了。」

向杏仍還是有些憂慮，繼續追問：「那……那吳總經理那邊……」

「這個你不用擔心，我已經都處理好了。」閻亦臣自信道。

「那……原皓他……」向杏有些怯怯的問道。

聽到「原皓」這個名字，閻亦臣有些氣惱的回道：「你為什麼還要提到這個男人？難道他害你還害得不夠嗎？」

感受到閻亦臣怒氣的向杏，安撫的大聲說道「不是的……不是這樣……我……我只是……」

閻亦臣挑眉，「只是？」

　　向杏放下手上的義大利麵，嘆了口氣：「我只是想好好的跟他談一談，這一切的事情是不是都是他一手造成的。」

　　閻亦臣有些鬧脾氣的回道：「這重要嗎？若不是他，你會落到現在這般境地？」

　　向杏看向閻亦臣，抓著他的手臂靜靜地說道：「我只想要搞清楚事情的真相......畢竟我的心中還存有太多的疑問想要釐清......所以......」

　　閻亦臣了解向杏所說的話，但在短短的近二天的時間，她便經歷了許多不堪回首的事情，閻亦臣心疼她的遭遇，可倔強的向杏卻不懂，總不讓自己休息，非得弄清事情的真相，面對這樣的她，閻亦臣再怎心疼也只能捺著怒氣，溫柔的向她安撫說道：「好......我知道了，原皓這邊我會幫你留意他的消息，若有他的消息我再跟你說好嗎？」

　　向杏點了點頭，向閻亦臣露出了燦笑，「謝謝您。」

　　被向杏突如其來的一笑直擊心房，閻亦臣也開心的笑了起來，「你笑起來很好看。」

　　突然被閻亦臣這樣一說，向杏害羞的臉上佈滿潮紅，瞬間別過頭，拿起桌上的義大利面繼續吃，看著向杏害羞的模樣，激起閻亦臣孩子氣的淘氣心。

　　「嘿！嘿！害羞了吼......」邊說然後還一邊戳著向杏。

「才……才沒有哩！哼，你這個閻羅豬。」向杏打趣地說道。

「閻羅豬？我？好一個向杏，看來你的皮在癢了……」閻亦臣說完後，不放棄攻擊，一直戳著向杏的側腰，向杏一邊咬著義大利麵一邊忍住笑意，最後忍不住，「噗」的一聲，含在嘴巴的麵一口氣的往閻亦臣的臉上吐，頓時讓閻亦臣傻愣在原地。

看著閻亦臣滿臉麵條的滑稽模樣，看得向杏哈哈大笑。

被噴的一臉麵條的閻亦臣可笑不出來，他一臉懵看著哈哈大笑的向杏。

「你……天啊……向杏你……吼……我要去洗澡了啦！」閻亦臣一邊抱怨一邊起身往浴室走去，留下坐在沙發上哈哈大笑的向杏。

「你活該，誰叫你要在我吃飯的時候弄我！」向杏得意的繼續吃著手上的義大利麵，一邊看著電視。

待閻亦臣離去後，偌大的客廳僅剩電視不停的說著無關緊要的話，隨著剛剛的嬉鬧，向杏的內心獲得了些許的平靜。

謝謝你……閻亦臣……若不是你的話，我現在也不會如此的快樂……

向杏默默的在心中感謝著閻亦臣的一切，她知道若沒有他，她仍然會在舞廳裡過著水深

火熱的日子，可能到最後連最後一絲的自我也會消失。

過沒多久，閻亦臣洗完澡，僅於下半身圍了條浴巾，便從浴室走出來，向杏看到幾近一絲不掛的閻亦臣，嚇的趕緊搗上臉，羞怯的神情怎麼掩飾都掩不住，只好別過頭去。

「你……你幹嘛不穿衣服！」

突然意識到向杏還在客廳的閻亦臣發現自己太過於習慣，沒注意到自己身上僅圍了條浴巾，雖然感到有些不好意思，但看到在沙發上搗著臉，害羞臉紅的向杏，閻亦臣不禁大膽使壞了起來。

「沒呀，我在家都這樣，比較輕鬆自在呀！」

「好……好啦，那我回房間去！」向杏搗著臉別過頭，正打算從沙發起身的時候，卻被閻亦臣按回沙發上。

「怎麼，你害羞了？大家都是成年人了，有什麼好害羞的呢？」

聽到閻亦臣挑釁的言語，被激到的向杏大聲回道「才……才沒有哩！這……這有什麼好害羞的！」

閻亦臣笑了一下，「如果你沒害羞的話，那你把手挪開呀……」

被激不得的向杏馬上回道：「好呀！拿開就拿開！」

當他手一放下來，真是後悔自己的嘴快，看到閻亦臣勻稱有肌肉線條的姣好身材，向杏頓時想起時尚雜誌上的模特兒，身材如出一轍般的讓人覺得著迷，向杏不禁看傻了眼。

面對向杏這樣直盯的眼神，也搞得有些害羞的閻亦臣結巴地說：「你……你是看夠了沒……」說完後便離開向杏，回到房間更衣。

向杏坐在沙發上傻愣了一下，回想起剛剛看到閻亦臣的胸肌、腹肌再到臂膀上的肌肉，令她害羞的臉上又瞬間佈滿紅潮。

向杏……鎮定！鎮定！都什麼時候了還在著迷男人的肉體……

向杏一邊說服著自己一邊收拾著桌上的殘羹剩飯，這時閻亦臣也穿好衣服走了出來，看見向杏在收拾桌子，急忙地跑了過去。

「我也來幫忙收……」

兩人就靜靜地收拾著餐桌，向杏不經意伸手過去拿小菜盤正巧與閻亦臣的手相碰，這一碰讓向杏驚得收回手，閻亦臣疑惑地看著向杏。

「怎……怎麼了嗎？」

向杏緊張的回道：「沒……沒事，趕快收一收吧，明天還得繼續上班呢！」

閻小臣淡淡的說：「明天你就休息吧，不用去上班了。」

向杏驚訝的看著閻亦臣，「咦……難道我被開除了？」

閻亦臣笑了一下，「不是……我只是希望你能夠好好休息，最近連續發生了這麼多事情，我想……你應該需要好好的休息一下。」

「我可以的！我沒問題！」向杏堅定的回應，讓閻亦臣愣了一下，看見如此倔脾氣的向杏，閻亦臣明白一般柔性勸阻對她來說無效，便隨即用總裁的口氣說道：「不……我不希望我的員工在精神情緒紛亂的情況下進行工作，不但對工作效率毫無幫助，員工的決策能力也會下降，於公司的營運上也會有風險，所以我拒絕。」

向杏聽到閻亦臣這樣說，也只好無奈的接受，看著向杏無精打采的模樣，閻亦臣嘆了口氣，摸摸向杏的頭。

「我知道你很愛逞強，但這時候可以請你放過你自己嗎？」

向杏沒想到僅透過短短的幾天相處，閻亦臣就能抓到自己的個性，心裡突然感受到一陣暖意，覺得被人理解的感覺真好……

向杏乖乖的點了點頭，「既然你都這麼說了……那就這樣吧……」

看見向杏乖巧的回應，閻亦臣看了看時間，像是老媽子的碎唸道：「好了，你快去睡覺吧，時間不早了，剩下的我來處理就好。」

「好。」向杏放下手上的餐盤，走回去房間，要關上門時，在門口躊躇了一陣子，閻亦臣發現後輕聲問道。

「怎麼了？」

向杏小聲的說「那……那個……晚安……還有……謝謝你。」說完後就馬上關上門。

看見向杏這麼可愛的反應，閻亦臣開心的邊笑邊搖頭慢慢地收拾著，待收拾完後便回到房間，正當閻亦臣要準備就寢時，手機傳來了方秘書的消息，閻亦臣打開訊息「哼」了一聲後便關燈躺床。

第四章

〜信頼〜

　　一早閻亦臣就被方秘書的來電吵醒，閻亦臣沒好氣的按下接聽鍵，口氣不耐的說道:「幹嘛?是不讓人睡是不是?」

　　方秘書冷靜的回道:「總裁，我昨晚有傳訊息告知你，今天一早新鋒科技的曹少總和吳總經理會來......」

　　閻亦臣「哼」的一聲繼續說道:「我知道，那又如何，讓他多等一會兒又怎樣?他應該是為了『那件事』而來的吧?」

　　「是的，但是......已經等得不耐煩在您的辦公室大鬧了......」方秘書無奈地說著，閻亦臣一聽只好從床上坐起嘆了口氣「好吧，你先打給李姥太跟她說明現在的狀況，我 1 小時後過去。」

　　一個小時過後，閻亦臣一打開辦公室大門就看到曹宮希和吳總經理大刺刺地坐在沙發上，一看見閻亦臣，曹宮希忍不住開口調侃。

　　「呦，太陽都晒屁股了，咱們的閻總真有閒情逸致，慢悠悠的來上班，哪像我們新鋒科技，日上三竿就得為了業務東奔西跑的，你說是不是呀?老吳。」

　　吳總經理也在一旁幫腔道:「就是呀，我們公司的人就是勤奮，每個人堅守崗位，都是曹少總領導有方呀!」

　　看著曹宮希和吳總經理一搭一唱的，閻亦臣露出了不屑的微笑。

「是呀，要不是曹少總領導有方，新鋒科技才會不復往昔，日落西山呀......」

曹宮希一聽馬上變臉，起身怒道「你......不要太囂張了閻亦臣！」

閻亦臣「哼」了一聲，慢慢地朝坐位上走去，完全不理會曹宮希的怒氣，坐下沙發後接著道：「你們今天來是想要幹嘛？我想應該不是來談生意的吧？」

曹宮希走向前，用力地朝閻亦臣的辦公桌一拍，「你那天到底跟我媽說了什麼？害我被罵得狗血淋頭，還要把老吳撤換掉？要不是我極力保他，老吳就得回家吃自己了！他家還有妻小，何必要把人家逼到絕路？」

跟著曹宮希的怒話，吳總經理則委屈的在一旁一把鼻涕一把眼淚的附和著。閻亦臣看著兩人靜靜的回道「若吳總經理還想著妻小的話，就不會一天到晚就跑去脫衣舞場，你說是吧？」

吳總經理一聽神色便開始慌張，曹宮希自知理虧，也不再上前辯駁，閻亦臣靜靜望著佇在一旁躁動的兩人，接續說著。

「曹老闆，你擔心的應該是吳總經理倘若真離開了，就沒人幫你管理公司，而你也無法像現在這樣到處溜噠了，這才是事情的真相吧？少在那邊說的冠冕堂皇，打著悲情牌，我不吃這套。再來我也沒跟李姥太說什麼，只是請她管理

好他們公司的人，別來我們的公司搗亂，就像現在這樣......」

曹宮希一聽，怒火愈加燒得旺盛，衝上前一把抓住閻亦臣的衣領。

「閻亦臣，你是說我管教我的下屬失職嗎？」

閻亦臣用力的拉開曹宮希的手說道:「難道不是嗎？」

「你！」曹宮希揮起拳頭正要往閻亦臣的臉上掄去的同時，吳總經理的電話響了起來。

「曹少總不好了，我們公司的防火牆被不明病毒給入侵了，現在公司的保安系統完全被病毒破壞，起不了作用。」

曹宮希一聽，整個人傻愣在原地,「你說什麼？那防衛工程師在幹嘛？」

「他們現在正在全力搶救資料，目前傳來的消息是還不知道是什麼病毒，無法阻止......」

曹宮希轉頭怒視著閻亦臣,「這是你搞出來的把戲嗎？」

閻亦臣聳聳肩,「你說是就是，不是就不是，總之我是清白的，要信不信隨便你。」

曹宮希氣憤的捶了一下桌子,「老吳，我們走！」兩人便走出了辦公室，這時方秘書緩緩的

走近閻亦臣，看著已經離去的曹宮希和吳總經理，小聲說道:「閻總……難不成……」

閻亦臣看了一下方秘書，露出像孩子般調皮的微笑，「就是那個難不成……」

方秘書一聽臉上顯得有些擔心「可是……這樣對李老總會不會不好交待……」

閻亦臣揮揮手示意要方秘書不必擔心，「李姥太那邊我上次已經有電話交待過了，會給他們帶來一些小麻煩，但不至於會影響公司的營運，算是幫她教訓一下曹宮希，看能不能讓他浪子回頭。」

方秘書聽完閻亦臣的解釋後，放下心中的一塊大石，並接著問道:「那閻總，接下來該怎麼處理?」

「待會你回我家一趟，把向杏接出來，晚點我們一起過去新鋒科技。」

方秘書一面驚疑惑問道:「向小姐?為什麼要帶向小姐去新鋒科技?」

閻亦臣笑了一下，從抽屜裡拿出一疊資料要方秘書看，「這是我請人去調查的結果。」

方秘書翻了一下，大為吃驚，「這……這個是……該不會……」

「對，所以你知道我為什麼要帶她過去了吧!」閻亦臣得意地揚起笑容，方秘書搖了搖頭也笑了出聲。

「閻總你真的是出了個妙招。」

兩人在辦公室很有默契的相視大笑，沒多久方秘書便躬身離開辦公室，準備聯絡司機一同前往大樓接送向杏，閻亦臣則拿起電話撥了一個熟悉的號碼。

在家仍在呼呼大睡的向杏，隱約的聽到電話聲響，她意識模糊的接起一旁的手機，「喂」了半天都沒人回應，但電話聲仍一直不斷的響。

「唉唷……到底是誰打電話來啦……吵死人了……」向杏一邊聽聲找尋著電話，一邊抓著剛起床的蓬髮，接起放在沙發旁的室內電話。

「喂……幹嘛？」向杏有些不耐煩地說道。

「是我，你還在睡嗎？」閻亦臣溫柔的嗓音詢問，讓向杏頓時間清醒過來。

「閻……閻亦臣……那……那個我……剛醒來……」向杏不知為何聽到閻亦臣的聲音就會變得很奇怪，除了有些害羞，又參雜了許多愧疚感。

「怎麼了？接到我的電話是這麼的讓你害怕嗎？」

向杏聽到閻亦臣這麼說，急忙搖頭「沒……沒這回事，我只是……」

「嗯？」

欲言又止的話哽在向杏的心中，因為這段時間發生了太多事情，一時也釐不清，她下意識

的回答道:「沒......沒什麼，怎麼了嗎？怎會打電話回來？」

閻亦臣穩聲說道:「有件事情要麻煩你的幫忙，可以嗎？」

向杏一聽當然義不容辭急忙答應，「當然可以，請問是要幫什麼忙呢？」

「我會請方秘書載你過來公司，我們見面後再說。」

「嗯，好......」

說完後，兩人突然陷入一段短暫的沉默，沒多久閻亦臣率先開口，用溫柔低沉的嗓音問道「你......身體有好些了嗎？」

向杏一聽，突然覺得臉紅心跳，又開始有些結巴的說:「嗯......嗯......有......有好一些了......」

「那......心情上還好嗎？」

「嗯......還可以......」

這時門鈴聲剛好響起，閻亦臣在電話中也剛好聽見。

「看來方秘書到了，你趕快去梳洗一下吧！我等你。」

向杏害羞的點了點頭，「嗯......好......再見......」說完後便掛上電話。

　　掛上電話後的向杏撫著染滿紅暈的臉龐，試圖讓自己冷靜下來。

　　「吸～吸～呼～呼～哈！好了！向杏，冷靜！冷靜！這沒什麼，只是普通的問候而已。」一邊拍打著自己的臉頰一邊對自己喊話著，這時門鈴聲又再度響起，向杏想起方秘書已經到來，趕緊上前開門迎接。

　　「嗨，向小姐，我們來接你去公司了。」一開門便見到身穿合身洋裝的方秘書，筆直的站在眼前有禮貌的說道，看著完美的方秘書，向杏這才意識到自己現在剛睡醒的蠢樣，於是便趕緊說道：「好，那我先回房間整理一下，請等我一下。」說完後向杏便小跑步的到房間去整理自己的儀容，沒多久後便一身正裝出現，偕同方秘書一起前往閻亦臣的公司。

　　到了閻亦臣的公司後，一開辦公室的門就看到閻亦臣與一名老婦人談笑風生，正當向杏還在疑惑的同時，兩人隨即站起身，閻亦臣則趕緊上前攙扶拄著拐杖的老婦人。

　　「向杏，來為你介紹一下，這位是新鋒科技的董事長李芳梅女士，姥姥，這位就是與您提到的向杏向小姐。」

　　「啊……那……那個，李董事長您好，初次見面，若有禮數不周到的地方還請多多包涵……」

　　李芳梅上下打量著向杏，看著向杏不知所措的樣子，滿意的露出了微笑。

　　「閻老弟，這位就是你說能破解病毒的超級工程師嗎？怎麼我看著都是一個小女孩呀！不太像是你說的那樣......」

　　閻亦臣笑笑地說道：「姥姥，等等到你公司你就知道我們家的秘書可不是光有臉蛋而已，腦袋可是機靈得很呢！」

　　李芳梅「喔呵呵呵」的大笑出聲，「閻老弟，你說話還是跟以前一樣風趣得很，那現在是要出發到我那兒了嗎？」

　　這時向杏默默的舉手，怯弱弱的出聲問道「那......那個......請問一下......到底發生了什麼事情？什麼工程師？我怎麼有點聽不太懂？」

　　閻亦臣看著滿臉疑惑的向杏，才想到自己什麼都還沒跟她提到，「啊......對對對，我都忘了跟你說，就是我把你做的病毒丟到新鋒科技的主電腦去了。」

　　向杏一驚「什......什麼！？病......病毒？你怎麼會知道？」

　　閻亦臣不驚不徐的默默走到桌前，拿起之前向杏至國外留學寫的論文以及一片光碟交給向杏。

　　向杏接過閻亦臣的手，不敢置信的問道「你......你怎麼會有這個？這件事我從未跟你說過啊......」

閻亦臣笑了一下,「抱歉,沒經過你的同意,我便派人去調查你的出生家世,不過......你覺得......我會冒著風險聘一個來路不明的人當秘書嗎?可是當我一查之後才發現,你遠比我想像的還要聰明許多,所以我便趁此機會順便向對方炫耀一下你的才能。」

向杏理解閻亦臣的做法,但她不解的是為何要把自己深藏多年不想透露的秘密給挖了出來。

「不......我......我沒辦法勝任這項工作。」向杏有些怯步,畢竟在跟原皓交往的時候,原皓非常嫉妒向杏的能力比他好,向杏的完美讓原皓自卑感作祟,一旦向杏表現出能幹、積極、聰明的態度,便會遭受到原皓的一番冷嘲熱諷,甚至是一陣暴打,這也造就向杏不敢向外人展露自己高學歷的一面,覺得自己笨一點、傻一點就會得到多一點的疼愛。

看見向杏一臉畏懼的模樣,李芳梅拄著拐杖緩緩的走至向杏的面前,掬起她顫抖不已的手,「這麼謙虛作啥?女孩子聰明一點有何不好?」

被李芳梅這樣一說向杏有點錯愕的抬起頭,看著李芳梅慈愛的眼神,向杏不自覺得卸下了心防。

「可是男人都不愛聰明的女人......覺得聰明的女人都太過有主見......對他們會造成威脅......」

李芳梅一聽又「喔呵呵呵」的大笑了起來，「傻孩子，眼前不就有一個欣賞你的才華、善用你的聰明、看見你內心燃燒的熱情的男人嗎？你何不勇敢的回應他對你的期待呢？」

李芳梅的話音一落，閻亦臣便走了過來，「你願意幫幫我嗎？向杏？」

向杏一聽到閻亦臣迷人嗓音的請求，態度也漸漸軟化下來，李芳梅從掌心傳來的溫度，也慢慢融化向杏的心。

向杏思忖了一會，輕輕的點了點頭，「好吧……我試試看……」

得到向杏首肯的閻亦臣高興得跳了起來，馬上命方秘書備好車子，要準備出發前往新鋒科技，向杏看著閻亦臣高興的模樣，覺得有些誇張，不禁嘴角揚起了微笑，這時李芳梅突然緊握住向杏的手，拉回了向杏的注意力。

「向小姐，當初的我也是在科技業裡叱吒風雲的女強人，雖然都被一群臭男人看不起，但我還是憑藉著我的能力一手創下新鋒科技這間公司，也剛好在那時遇見了我那已逝去的老伴，所以你千萬不可妄自菲薄，現在的你比當時的我還要來的幸運，有一個願意接受你並支持你的男人，你要好好的珍惜這次的機會，一展長才讓那些看不起你的臭男人刮目相看！」

向杏聽了李芳梅的話，看了一眼閻亦臣，羞紅著臉點點頭。

「謝謝李董事長，我會努力的！」

就這樣一行人浩浩蕩蕩的前往新鋒科技，一踏入公司便可感受到焦急、緊張的混亂氛圍，完全沒有人注意到闇亦臣一行人的到來。在李芳梅的帶領下，大家緩緩的走到曹宮希的辦公室，「碰」的一聲巨響，李芳梅身旁隨行的管家用力的打開辦公室的大門，震驚了在場所有的人員，每個人停下手邊的工作，看到是李芳梅回來，主管們高興得紛紛靠上前去。

「老總，你總算回來了，出大事了……」

李芳梅靜靜的說道：「我知道，所以我向宏毅科技借了人來解決問題。」

在辦公室與吳總經理伙同資安人員在研究如何破解病毒的曹宮希，抬頭一看便與闇亦臣對上眼，氣憤地拍桌。

「闇亦臣，你來幹什麼！是來看好戲的嗎？」

李芳梅看見曹宮希無禮的態度，將手上的拐杖用力的蹬了一下地板。

「住口！你這個不學無術的敗家子。」

看著李芳梅生氣的樣子，曹宮希委屈的說道：「媽！你怎麼這樣說，好歹我也把新鋒科技經營得有模有樣的，你……」

李芳梅「哼」的一聲，「你以為我不知道嗎？你天天不在公司就讓吳總經理一個人操持公司

的上下事務，你們兩個人背地裡幹的那些齷齪事，你們當真以為我不知道嗎？吳興誠你這總經理的位子到現在還坐得穩穩的，要記住是你太太的功勞，你最好給我好好的銘記在心！」

吳總經理和曹宮希兩人低著頭不敢回話，任由李芳梅領著閻亦臣一行人坐到沙發上，手上的拐杖指著曹宮希身旁的秘書，大聲的吆喝著：「你！還愣著幹嘛，還不快去倒杯茶水，是想讓我渴死嗎？」

聽到李芳梅的指令，秘書小跑步趕至茶水間準備茶點，李芳梅放下拐杖，示意曹宮希和吳總經理坐在對桌的沙發上。

不敢有怠慢的兩人，三步併兩步的快坐在沙發上，此時秘書也送上了茶水，待李芳梅喝下一口後，便開口道：「今天新鋒科技有這樣的局面也是你們自己咎由自取，在請閻老弟解毒前，我先來調解關於向小姐的事情。」

從李芳梅的口中提到向杏一事，吳總經理不禁開始冷汗直流，曹宮希一聽急忙上前搭話欲幫吳總經理脫罪。

「媽……那……那個……你也知道吳總經理他風流成性……我會好好說他的，向小姐那也沒什麼事情……這……這不是皆大歡喜嗎？」

李芳梅斜眼瞪向曹宮希冷回道：「既然你想坦護吳總經理……那我也沒什麼話好說的，我只想問向小姐還想要回去不？」

　　吳興誠急忙搖頭，「不不不，不會再把向小姐要回了，脫衣舞場那邊我會好好解釋的……」

　　李芳梅轉向杏，換了張慈愛和藹的神情，輕柔的說道：「向小姐……這樣你放心了嗎？」

　　向杏知道自己不會再被抓走，心情頓時鬆懈下來，連忙向李芳梅道謝，而李芳梅也僅輕輕的揮揮手示意，表示這不算什麼。

　　閻亦臣此時插了句話進來：「那姥姥……我們是不是可以解決正事了？一直待在這裡聞著這噁心的氣息……我擔心向秘書會吃不消……」說完眼神也不禁往曹宮希和吳總經理的方向飄去。

　　曹宮希一聽，看到閻亦臣挑釁的輕浮態度，火爆脾氣隨即上來，氣憤的站起身，「你這句話是什麼意思？」

　　被曹宮希突然的舉動嚇到的向杏，反射性的往閻亦臣的身後一躲，閻亦臣趁機說道：「你看，你嚇到了我們家的向秘書了……講話別這麼衝，姥姥……令郎的情緒管理似乎有待加強……」

　　李芳梅輕笑了一下，「這的確是我教導不周，讓閻老弟見笑了……」

　　閻亦臣趕忙搖手回道：「不不不……這不是姥姥的問題，只是……朽木不可雕罷了……再加上又有壞蟲寄居，更是千瘡百孔……」

　　看著自己的母親和閻亦臣兩人一搭一唱的曹宮希，氣到一句話也說不出，拿了外套便走了出去，留下吳總經理一人在場。吳總經理看見能依靠的對象已被氣走，不知所措的待在原地，此時李芳梅緩緩開口。

　　「能保你的已經走了，那你是想留在公司還是捲舖蓋走人？自己好好的想一想。」

　　吳總經理一聽，趕緊跪在地上求饒，「李董事長，拜託你不要趕我走……我家上有老母下有妻小，我真的不能沒有這份工作啊……」

　　李芳梅皺了眉頭，拿起拐杖便是往吳總經理的身上一陣亂打。

　　「你還有臉提你老母和妻小？他們的臉要被你給丟光了！當初我就不應該同意把容芳許配給你這個爛人！」

　　見到李芳梅如此的激動，閻亦臣趕忙上前阻止，「姥姥！姥姥！別動怒……別氣……別氣……這個人交給我處理……」

　　李芳梅氣憤難平，「這是我們的家務事，閻老弟你不要出手……我要好好的教訓這個執迷不悟的蠢蛋！我今天就是要讓他好好記住，我李家的乾女兒嫁進去吳家可不是能被隨便糟蹋的對象！」

　　閻亦臣繼續安撫道：「姥姥……不要跟這種人置氣，不然……你讓他來我們公司，我派人好好盯著他，把他培養成材行不？」

　　李芳梅一聽，再看看跪在地上發顫的吳總經理，嘆了口氣坐回沙發上。

　　「好吧！我不想管了，就交給閻老弟你去處理吧！」

　　閻亦臣在方秘書耳邊交待幾句後，便要求一旁的秘書帶他和向杏前往機房。

　　「姥姥，吳總經理安置的事我就先交給方秘書處理，我先和向秘書去機房幫你們公司解毒，姥姥就先坐在這兒，消消氣。」

　　李芳梅扶著額頭，舒了舒口氣說道:「好吧，那就麻煩你們了。」

　　說完後，秘書便帶著閻亦臣和向杏前往機房。一路上向杏緊抓著閻亦臣的衣袖不發一語，看得出向杏內心充滿緊張，閻亦臣將她的手牽起，握在手掌心，這一舉動讓向杏頓時詫異的抬起頭。

　　感受到投來的視線，閻亦臣抓的手更是緊，溫柔且堅定的說著:「不用擔心，你一定可以。」

　　聽到閻亦臣傳來的溫暖訊息，向杏不自覺得握緊閻亦臣的手，回應著他對自己的期待。

　　沒問題的……閻亦臣都願意相信我了……我也要相信自己……

　　不斷地在內心反覆的給自己加油打氣，閻亦臣看著在喃喃自語的向杏，不禁嘴角上揚，覺得認真的向杏可愛得不禁讓人想多加疼惜。回

想起她曾面臨的那些遭遇，心中的疼惜更是加劇。

隨著秘書的 ID 卡而開啟的機房門，傳來了吵雜的機器聲，一行人走了進去，找到主機的位置。

「向杏，就靠你了！」閻亦臣邊說邊引導著向杏坐上主機的位置。向杏看著不斷跑著數據程式的螢幕，嘗試的按了幾下鍵盤，發現沒什麼反應，便開始專心的看著眼前的數據，專注的模樣讓閻亦臣有些驚訝，這是他從沒見過的向杏，心神合一的眼神中，完全沒有透露出一絲的猶豫，雙手俐落的在鍵盤上遊移，完全不拖泥帶水，散發出自信、幹練的氣場，震懾了閻亦臣的心，也讓閻亦臣確定他果然沒看錯人。

為了不打擾向杏，閻亦臣示意著秘書一起至門外等候，此時正好遇上曹宮希向機房走來。

「呦……這不是曹公子嗎？」閻亦臣侃笑道。

看見閻亦臣一臉嘲諷的表情，曹宮希不禁怒火中燒，上前就是揪住閻亦臣的衣領。

「閻亦臣，你別太囂張，我知道這一切都是你的計謀。這次讓你得逞，不代表下次我也會像今天這樣讓你蹭上頭！」

閻亦臣面對曹宮希的威脅，不經意地輕笑出聲。

「如果你們家的吳總經理沒來我的辦公室撒野的話，也不會有今天這齣鬧劇。總之，現在你們家的吳總經理先交由我暫時保管，等他洗心革面後再還你。」

曹宮希一聽，錯愕的放開閻亦臣。

「你說什麼？誰准許你把吳總經理帶走的？那我的公司怎麼辦？」

「你是新鋒科技的小老闆，這點小事應該能自己解決吧？難道還要我再出手幫你們解決嗎？」

曹宮希怒氣漲滿了臉，想再上前在閻亦臣臉上掄上一拳時，被秘書即時擋下。

「曹少總，不要這樣……待會李老總又會生氣了！」秘書繞到曹宮希的身後架住他，並柔性的勸阻著，曹宮希眼見無法攻擊，便收起拳頭，大聲吆喝道：「我告訴你，我們新鋒科技就算沒有吳總經理、沒有你閻亦臣，也能活得風生水起！我們走著瞧！哼！」

說完後曹宮希掙開秘書的束縛，轉身回頭離去，秘書則是小跑步的跟在其後，閻亦臣理了理被弄亂的衣領及領帶，此時剛好向杏走了出來，閻亦臣趕忙趨上前關心。

「向杏，你怎麼出來了？都處理好了？」

向杏點點頭，「嗯，都弄好了！」

閻亦臣高興得將向杏整個環抱起來，讓向杏有些驚訝。

「太好了！我相信你一定做的到！成功了！你真是太棒了！」

許久未被誇獎、讚賞的向杏，面對閻亦臣的褒獎，腦子突然一片空白。

我……被認可了？這種暖心的感覺……好像……很久從未有過……

向杏一邊想著一邊微笑著落淚，閻亦臣嚇得趕緊將向杏放下。

「你……你怎麼了……抱歉，我一時太開心了，是不是弄痛你了？對……對不起，你別哭……」

閻亦臣有些著急的模樣，不禁讓向杏失笑出聲，用衣袖擦乾臉上的淚說道：「沒……沒事，是我剛剛太激動了……太久沒被人誇獎……有點不太習慣……」

聽到向杏這麼說，閻亦臣憐惜地將她擁入懷裡。

「以後，不管你要聽多少次，我都願意說給你聽。」

向杏發覺眼前這個男人在不知不覺中，用堅定且溫柔的包容心，將自己的本性一點一滴的慢慢拾回，讓她找尋到自己失去已久的初心，向杏伸手回抱住閻亦臣。

「謝謝你。」

一句微不足到的言謝，不論是對向杏或是閻亦臣而言，之中內含太多無法言喻的心意，兩人僅能用擁抱傳達對彼此的情感。

「咳！咳！我想說解個毒怎麼解這麼久，原來是在幫人家消毒呀......」

李芳梅緩步走來，看到眼前抱成一團的兩人，便帶著調侃的語氣說道，向杏害羞臉紅地趕緊推開閻亦臣，側身不讓人發現她現在害羞的表情，閻亦臣微笑著輕嘆口氣。

「姥姥......您在說什麼......」

「呵呵呵......別害羞，年輕人精旺氣盛，很好呀！」

「唉......姥姥......您真是愈說愈偏了......我和向杏......只......只不過是......」

李芳梅搖了搖頭，「有愛就要勇敢往前衝呀！我是不曉得你們之間發生了什麼，但人生苦短，未來會發生什麼事誰也不會知道，要好好珍惜現下的時光呀......」

說到這裡，李芳梅不禁有些感嘆，想起了之前與老伴的歡樂時光，閻亦臣發覺李芳梅開始陷入了回憶，便趕忙出聲圓場。

「好～姥姥......我知道您的意思，別操心太多，現在最重要的是你要好好的想法子教育一

下你那不成材的兒子，別讓他把你辛苦經營的新鋒科技給不小心敗掉啊……」

李芳梅聽到自己那不學無術的敗家子，不由得來就來氣，「別再提那個逆子！整天就只會無所事事，到處給我惹事生非，我沒將他碎屍萬段就已經是對他最大的仁慈了！」

「姥姥……別氣別氣……不然……我這有個好法子，你願不願意……」

閻亦臣話未落完，從遠方就傳來曹宮希氣沖沖的腳步聲，一面大喊著：「我不願意，閻亦臣，你別總是趁著我不注意的時候，在我媽的耳旁碎嘴，我告訴你……啊……媽……媽……你的拐杖……」

曹宮希一面大聲喝斥著，一面走近李芳梅，看著曹宮希氣焰囂張的模樣，李芳梅氣得用拐杖用力壓著曹宮希的腳趾，痛得曹宮希說不出話來，閻亦臣手輕嗚著嘴，側頭嗤笑著。

「你這個逆子……這裡哪裡有你插話的餘地，你如果有時間在這裡跟閻老弟鬥嘴，你還不如給我回去檢查公司的資料是否有毀損。」

曹宮希扁著嘴回道「我早就請人去檢查了……我在等報告……」

李芳梅看著眼前不爭氣的曹宮希，又不禁嘆了口氣，「我看……找以後辛苦一點，每天都來陪你上班好了……」

聽到李芳梅這樣說，曹宮希嚇得趕緊阻止，「不……不用了媽！我可以的！就算沒有吳總經理，我也會把新鋒科技經營的有聲有色的！」

李芳梅一個伸手，迅速的掐住曹宮希的耳朵，扯近自己，大聲的疾呼道：「我聽你在放屁！我如果不好好的盯著你，誰知道你又會給我捅出什麼簍子！」

李芳梅說完後，放開曹宮希的耳朵，轉身換了張和顏悅色的表情，對閻亦臣說道：「閻老弟，接下來我就不招呼了，我還得處理公司裡的事務，謝謝您今天替我們公司解危，改日我再帶著這個逆子登門道謝，閻老弟就請自便吧！」

「唉，不是，媽……明明就是他們把我們公司給……啊！！痛痛痛……媽……你放手……你放手。」

曹宮希話未說完，李芳梅便拎著曹宮希離開，「你給我住嘴！這逆子！」

隨著罵聲的離去，留下面面相覷的兩人，看著彼此傻愣的神情，不禁相視而笑。

「向杏，準備好回我的公司上班了嗎？」閻亦臣輕柔的問道。

向杏笑了笑點著頭，「如果……我能派上用場的話……」

閻亦臣笑了一下，「當然可以，別忘了，我永遠都相信你。」

受到閻亦臣如此信賴的向杏羞紅的輕聲道了謝，兩人亦步亦趨的離開了新鋒科技。

第五章

～揮別過去～

　　在宏毅科技工作數日，在閻亦臣和方秘書的指導下，向杏慢慢地重拾單身時那自信的笑容，工作上再也不用受到壓迫，也不用受人嘲諷指點，每當完成一件事情，便為她內心的成就感再添上一抹信心，以前的自卑、委屈求全，通通掃光，帶著如釋重負心情的向杏，在閻亦臣的眼裡像是散發著耀眼光芒的寶石，熠熠的令人目眩神迷。

　　「總裁，你看看這份文件，這裡是不是應該……？閻總……閻總……」遙望著向杏認真工作的背影，看得出神的閻亦臣，完全沒注意到身旁方秘書的叫喚。方秘書一手掐住閻亦臣的雙頰，將他的臉整個扭轉到自己的眼前。

　　「啊……痛痛痛……方秘書……放手……放手……」

　　「閻總……你知道你剛剛很變態嗎？可不可以不要在上班中痴痴望著向小姐，這是性騷擾！請認真工作好嗎？」方秘書說完便放開手，閻亦臣撫著雙頰，孩子氣的嘟嚷道。

　　「我只是不小心看得入迷了而已……我又沒有荒廢工作……」

　　方秘書嘆了口氣，搖搖頭，「我不是要阻止你們辦公室交往，我也插不上手，但你是不是忘了最重要的事情？」

　　方秘書的提醒，讓闔亦臣剎那間回神，正色道：「嗯……我知道……如果這件事沒有解決的話，我也無法向她告白……」

　　「喔……所以……闔總的意思是看上人家了？喜歡上她了？」方秘書有些調侃的反問，不禁讓闔亦臣滿臉漲紅。

　　「方秘書也學會調侃人了……盡是使些壞把戲……」闔亦臣有些不好意思，噘著嘴說。

　　方秘書呵呵地笑道：「跟闔總比起來，我還有很多地方需要向您多多學習。」

　　闔亦臣揮了揮手一副「得了吧！」的表情，然後接過方秘書手上的文書，接著吩咐道：「今晚幫我留住向杏，這件事……我想我還是親口跟她說會比較好。」

　　「好的。」

　　方秘書接過闔亦臣的指示，等待著下班時間在公司門口先將向杏留下，向杏感到有些疑惑嘗試地問了問方秘書：「方秘書…是有什麼事情嗎？」

　　「沒……等闔總來，他自會跟你解釋。」

　　摸不著頭緒的向杏開始設想各種有可能的情況，該不會正闔亦臣要把我趕出他家吧？我……可沒地方住呀……我身上也沒什麼錢夠付房租……還是他要用我的身體抵債？我……我可還沒做好心理準備……畢竟……我們認識沒多久，

他 就 幫 了 我 這 麼 多……他 如 果 要 我 用 肉 體 償……好 像 也 是 有 道 理……啊……不 對 不 對……為 什 麼 我 就 這 麼 理 所 當 然 、 心 甘 情 願 的 接 受 肉 償 ？ 難 不 成……

正 當 向 杏 還 在 糾 結 的 時 候 ， 閻 亦 臣 從 公 司 門 口 走 出 。

「 向 杏 ， 等 很 久 了 嗎 ？ 」

聽 到 閻 亦 臣 溫 柔 穩 重 的 聲 音 ， 向 杏 更 加 臉 紅 心 跳 ， 天 啊……如 果 是 這 副 肉 體 的 話……要 我 肉 償 也 可 以……

看 著 臉 色 嫣 紅 ， 沉 浸 在 自 己 幻 想 的 向 杏 ， 感 到 奇 怪 的 閻 亦 臣 又 再 次 出 聲 叫 喚 ：「 向 杏……你 還 好 嗎 ？ 沒 事 吧 ？ 是 工 作 太 累 了 ？ 」

面 對 閻 亦 臣 的 關 心 ， 向 杏 急 忙 搖 了 搖 頭 。

「 沒……沒 事……謝 謝 關 心 ， 我……我 只 是 不 曉 得 你 為 什 麼 要 把 我 留 下 來……」

「 我 要 帶 妳 去 見 一 個 人……」

向 杏 疑 惑 的 回 問 ：「 見 誰 呀 ？ 需 要 這 麼 大 的 陣 杖 ？ 」 一 邊 說 著 一 邊 望 向 閻 亦 臣 後 方 的 保 鑣 們 。

閻 亦 臣 雙 唇 有 些 顫 抖 ， 但 還 是 擠 出 了 他 覺 得 可 恨 的 名 字 「 原 皓 」。

閻 亦 臣 也 曾 想 這 樣 做 會 不 會 為 向 杏 帶 來 困 擾 ， 亦 或 是 讓 她 現 在 已 平 復 下 來 的 心 情 再 掀 波

瀾，雖然就閻亦臣的觀察，覺得向杏應該可以應付接下來所要面對的一切，但最終的選擇權還是想要交給向杏自己來決定。

當他說出這個名字時，很明顯看到向杏愣了一下，於是閻亦臣接著說道：「如果你不想見的話也沒關係，就當今天什麼事也沒發生過。」

向杏從閻亦臣的口中聽到這許久未曾聽到的名字時，向杏的心不禁抖了一下，但卻沒有任何害怕、悲傷、憤恨的情緒，取而代之的是想要知道對方的想法，以及……好好的道別。

向杏驚訝自己在這短短的數月，心境竟起了如此大的變化，原以為自己聽到這個名字會崩潰失控，但迎來的卻是平靜釋然的心情，她看著眼前的這個男人，發現自己在不知不覺中，已慢慢地找回自我，而從閻亦臣的眉眼間流露出擔憂的神色，向杏明白，他肯定也是在內心中經過一番掙扎後才會做出如此的決定。

向杏向前執起閻亦臣的手，緩緩說道：「別擔心……我沒事……我知道你這樣做的用意……我不會責怪你……我想……是時候該跟他好好道別了。」

聽到向杏不急不徐的從口中吐露出這些話，閻亦臣不捨的將她抱住。

「如果……如果有個什麼……放心，有找在，我會陪在你身邊，我不會讓你獨自面對。」

向杏先是對閻亦臣突如其來的舉動感到有些詫異，但聽見他如此堅定的語氣，向杏輕輕伸手，回抱住閻亦臣。

「好的……謝謝你的陪伴，或許……等一切結束……我們……」

向杏話還沒說完，方秘書輕咳了幾聲。

「兩位……我想是到該上車的時候了……如果還想繼續摟摟抱抱的話……麻煩請回家繼續。」

聽到方秘書如此不識趣的話語，向杏羞紅著臉推開閻亦臣。

「我……我先上車。」

閻亦臣有些不悅的瞪著方秘書，早已習慣的方秘書不以為意地躬身請閻亦臣入車，閻亦臣只能不甘不願坐上車子，一行人便前往了施久兒交待的地點。

到達了一處港口旁的廢棄倉庫，閻亦臣再三與方秘書確認是否就是這裡，得到的卻是肯定的答覆。

「這裡怪陰森的，海風又大……真的會有人在這裡嗎？還是施九兒那婊子在呼嚨我？」正當閻亦臣還在碎唸之際，嗒嗒響的高跟鞋聲，隨著海風傳進了大家的耳裡。

「閻大老闆，老娘收你的錢做事，可沒允許你罵我婊子。」施久兒抽著煙，顯得有些不耐煩。

　　閻亦臣笑了笑回道：「真是抱歉……失言了，還請施小姐見諒，那……請問原皓人呢？」

　　施久兒指了指一旁的廢棄倉庫深處，「人在裡面，錢呢？」

　　隨著閻亦臣的指示，方秘書隨即亮出手提箱內白花花的鈔票，便迅速合上。施久兒滿意的將閻亦臣一行人帶往廢棄的倉庫，一打開倉門，便看到狗豆子和一個蒙著眼且手腳被綁在椅子上，動彈不得的人。閻亦臣帶著向杏慢慢往前，一邊詢問道：「是他嗎？」

　　向杏在微弱的燈光下仔細地瞧了又瞧，便點了點頭，閻亦臣頂了頂下巴，示意方秘書可將錢交給施久兒，施久兒接過方秘書手上的提箱後說道：「人我已經帶到了，錢也拿到手了，接下來人要怎麼處置就隨你了！」

　　聽到施久兒這麼說，被蒙著眼的原皓開口叫囂著：「臭婊子，你給我回來！我不是已經把向杏交給你抵債了嗎？為什麼還要把我抓來這裡！」

　　原皓說完後，向杏隨即給他響噹噹的一巴掌。原皓被這突如其來的一巴掌打得傻愣住，閻亦臣收到向杏眼神的確認後，將原皓的眼罩拿下。

　　在適應了刺眼的燈光後，原皓漸漸地看清了眼前掌他巴掌的人是誰，先是一驚便脫口問道：「你……你怎麼會在這裡……」

　　向杏原本內心還在期盼著原皓內心初始的那份良善，但從那男人的口中聽到自己是被他賣掉抵債，心中萬念俱灰，多年來對他的愛瞬間消逝殆盡，剩下的只有一雙冰冷的眼神和不起一絲波瀾的沉靜內心。

　　向杏靜靜的開口說道：「我在這裡很意外嗎？」

　　原皓突然語氣變軟，溫柔的向向杏說道：「親愛的……你幫我解開好嗎？我們……我們一起回家吧！」

　　向杏聽到「回家」眉頭不禁挑動了一下。

　　「回家？回什麼家？我們的家不是早就被你搬空退租了嗎？哪來的家可以回？」

　　聽到向杏冷漠的話語，原皓仍不死心的繼續說道：「我們……我們可以另外再找呀……我……我發誓，這次我會好好努力去上班賺錢的，我……我發誓，我不會再去喝酒，我……我也不會去那個什麼舞廳了，先……先幫我解開好嗎？親愛的。」

　　向杏睥著眼，一個手掌又再度揮向原皓的臉頰，「啪！」的聲音迴盪在整座倉庫。

　　「別叫我親愛的，你口中的那位親愛的，在你把他賣給舞廳抵債的時候就已經死了！別再說你會去上班賺錢，別再說你會戒酒、戒色，這些事我已經聽了好幾年，你從未做到過！」

　　原皓被向杏的一巴掌打到腦羞成怒，氣得想要從椅子爬起來，但無奈被綁得動彈不得，只能在原地叫囂。

　　「你這個賤女人，你以為你那幾個臭錢就能滿足我嗎？我告訴你根本就不夠，好了，現在當了舞小姐，勾搭上了這個有錢人是吧？怎麼……是不是他用他的肉棒好好的癢了你那淫……」

　　原皓下流淫靡的言語還未落完，向杏已搶先在閻亦臣面前，快速的上前賞了他兩巴掌。

　　「你這張嘴只剩能講出下流的話嗎？」

　　看著眼前態度丕變的向杏，回想著以前像小綿羊般，總是會百依百順聽從他命令的小女人，只經過短短的幾個月，就變成眼前這種大膽有為、氣勢凌人的瘋婆子，原皓不甘示弱的轉向閻亦臣大喊。

　　「是不是你！把我的向杏變成這樣的！她原本就是個乖順的小女人，你到底把她怎麼了！」

　　閻亦臣不屑的回道：「我並沒有做什麼，這只是她原本的樣子，不信你問問她。」

　　向杏冷眼看著原皓，像是看待下等生物般的睥睨眼神，讓原皓不禁打了個哆嗦。

　　「我當初就是眼睛被蛤仔肉糊到，被愛蒙蔽了心智，才會對你這個渣男百依百順，如今，

若沒有閻總的幫忙，我可能還傻傻的在舞廳裡幫你賣肉賺錢，我很滿意現在的我，我再也不會跟你一起回去了，那些被你帶走的東西我也不打算追討了，房子的押金就當是分手費送你，我們彼此永不再相見。」

向杏說完，便轉頭離開。

「你……你別走！快把我放開！」

閻亦臣解開頸間的鈕扣，鬆了鬆領帶，說道：「方秘書，你先帶向秘書回車上，我待會就回去。」

看著閻亦臣一臉蓄勢待發的模樣，原皓臉上瞬間慘白，前所未有的恐懼襲上他的心頭。

「你……你想幹嘛？放開我！放開我！不……」

接著倉庫便回響著「啪！啪！啪！」的聲音，混和著液體和求饒的餘韻，為這個美好的夜晚劃下句點。經過這一次的見面，向杏明白了自己真正的心意，想當初以為柔順、乖巧就能留住對方的心，以為體貼、呵護就能讓對方為了未來上進努力，以為包容、忍讓就能讓這段感情長遠的走下去，現在想來都是荒唐，為了愛情而喪失自我，又如何能活得像現今這般快樂？教她明白這一切的便是閻亦臣，如果沒有他的溫柔陪伴，如果沒有他的耐心引導，如果沒有他的信任激勵，她也不會有今日這般的成就與快活，此時，向杏暗暗的在心中決定了一些事情。

第六章

～綻放～

結束這喧鬧的夜晚，一路上兩人都顧慮著彼此的心情默默不語，抵達閣亦臣家後，待兩人獨處時，向杏率先開口說出了她的決定。

「我……決定要搬出去了……」

閣亦臣瞪大雙眼，一臉不可置信的看著向杏。

「你……你說什麼？不是住得好好的嗎？為什麼突然說要搬出去……」

向杏繼續說道：「只有搬出去，我……還有我們才能好好的重新開始。」

不太能理解向杏所言為何的閣亦臣，疑惑的追問道：「為什麼？重新開始是什麼意思？」

不知道該如何說明的向杏只能低著頭不發一語的徑自走入房間，迅速地關上房門。

「向杏！你開門給我解釋清楚！」

門外傳來閣亦臣急促的敲門聲，不停打亂著向杏的心房，看見向杏仍是沉默不語，把閣亦臣逼急了。

「我……我喜歡你，向杏。難道不能因為這樣而為我留下嗎？」

面對突如其來的告白，驚得向杏默默流下兩行清淚，她轉身開門，飛撲抱上閣亦臣。

「我也喜歡你，閻亦臣⋯⋯但就是因為如此，我才更應該搬離這裡。」

閻亦臣緊緊抱著她，溫柔地詢問原因，向杏緩緩說道：「這次與原皓的見面，讓我更明白了自己的心，既然我已向過去好好的道別，那我也要以全新的姿態好好迎接未來，而你就是我所想要的未來，謝謝你的陪伴，也感謝你願意對我不離不棄，所以我想以最完美的自己來回應你對我的用心。如果再一直厚顏無恥的寄居在這裡，這一點也不像是我的作風，所以⋯⋯我才想要搬離這裡。」

聽到向杏字字真切的告白，閻亦臣的心受到了感動，他忍不住便往向杏的薄唇落下一吻，輕輕說道：「我了解你的決心了⋯⋯那我也不攔你了，等你找到好的居所後再搬離吧！」

向杏點了點頭，「謝謝你。」

閻亦臣輕輕拭去她臉上的淚水，打趣說道：「下次我就要讓你以這個家的女主人身份，迎你進門！」

一聽閻亦臣的求婚宣言，向杏羞紅著臉，一拳就落在閻亦臣的肩頭，「到時交往還不知道你會不會變心哩！到時如果你變了一個人，我肯定不要你！」

閻亦臣調皮的問道：「那你覺得我曾變得怎樣？禿頭？還是啤酒肚？還是全身長毛？」

　　聽著閻亦臣誇大的說詞，向杏一一的在腦海過了一遍，面露嫌惡的說道：「不行，這樣太可怕了，你還是維持原本的你就好！」

　　閻亦臣緊抱住向杏，「好～那我維持原本的我就好，那你也做你自己就好，好嗎？」

　　聽到閻亦臣的承諾，向杏安心的「嗯」了一聲。

　　「放心，我會好好待你的。」閻亦臣說完便在向杏的唇上落下一吻，兩人幸福的雙雙抱在一起許久，隨著分針轉了三、四圈，才不捨地推開彼此，互道了聲晚安後回到各自的房間。

　　過了幾日，向杏如願找到了離公司和閻亦臣住家都很近的一間小套房，不僅符合現在的預算，還能擁有自己想要的小陽台，對向杏來說已十分滿意。接著，在閻亦臣和方秘書的幫忙下，添購了一些家具和居家生活用品，確保生活無虞，才算是順利的喬遷新居。

　　看著向杏佈置的小套房，讓閻亦臣不禁有些吃味，深怕向杏覺得這裡太過舒適便想賴在這不走，便打趣的說道：「你可別以為搬離我家後，就可以逃離我的魔掌喔......」

　　向杏知道閻亦臣吃味的佔有慾，但仍不可置否的挑釁著閻亦臣。

　　「呵......你又能拿我怎麼樣？」

看著嘴倔的向杏，閻亦臣撓動著十指一臉別有企圖的模樣，慢慢靠近向杏一邊說著：「我當然可以......嘿嘿......」

正當閻亦臣要出手時，方秘書一把抓住閻亦臣的衣領，往反方向一扯，失去重心的閻亦臣一屁股坐在地上，痛得哇哇叫。

原本向杏感到有些害怕，正想要逃離時卻被方秘書的神來之手拯救，便鬆了口氣，嘲笑著跌坐在地上的閻亦臣。

「方秘書，你真是愈來愈大膽了！」閻亦臣一邊撫著屁股，一邊抱怨著。

看著眼前不停放著閃光的兩人，單身許久的方秘書也不禁開口酸言道：「兩位要調情我是不介意，但可以請你們在我不在的時候再做這種事情嗎？我可不想一早被叫來幫忙時還得被閃瞎眼。」

閻亦臣有些不悅地回道：「方秘書，我發現你分明就是嫉妒......」

方秘書不受閻亦臣言語上的挑撥，不急不徐地說道：「如果閻總沒怠忽職守的話，我也不會變成這樣。」

閻亦臣不甘示弱地反駁道：「哪有，我哪有怠忽職守，我該做的還是有做呀！」

　　方秘書欲要再說些什麼，但最後僅輕輕的嘆了口氣，「算了，不該跟你爭了，接下來你們自便！我和司機在樓下等。」說完便關門離去。

　　小套房裡僅剩向杏和閻亦臣獨處，兩人相視而笑。

　　「你也別太過欺負方秘書了，她很辛苦，除了顧工作，還要聽從你任性的差遣。」向杏替方秘書抱不停，讓閻亦臣聽得很不是滋味，便反駁道：「我可沒欺負他，那是她嫉妒我們，還有，什麼叫我任性的差遣？」

　　向杏筆直的雙眼瞪著閻亦臣示意道：「難道沒有嗎？」

　　閻亦臣撓了撓後腦勺，想了想之前的種種，似有歉意的說著：「可能……或許……有一些吧！」

　　向杏聽見閻亦臣的回答，滿意的笑了笑。看著向杏的笑容，閻亦臣不禁出言感嘆道：「你變得開朗許多了。」

　　聽見閻亦臣的話，向杏停下了手邊整理的工作，想著經過了這麼多事情，她總算能放下一切，好好的找回自我，而且還能備受寵愛地在另一半面前坦然做自己，於是開口：「或許吧……這就是原本的我呀！怎麼？發現了我的真面目後……想逃呀？」

　　向杏漸漸地往閻亦臣的身邊靠近，一副「你後悔也來不及囉！」的表情直盯著閻亦臣，閻亦臣輕輕一笑，順手將向杏摟進懷中。

「我不逃，但也不准你走，你這樣很好！我喜歡！」

兩人就這樣抱著哈哈大笑，最後彼此的雙唇互疊，像是完成了某種儀式般，為各自的未來劃下起點。這時閻亦臣突然開口：「你把這裡佈置的美侖美奐的，我真覺得你是不是打算在這長居久住，不回我家了？」

向杏驚訝道：「你是在跟我的小套房吃醋？」

閻亦臣噘著嘴點了點頭，向杏發覺眼前這個大男人，好像瞬間變成了一個討糖吃的頑皮小孩，竟然會為了不是人的對象吃醋，不禁失笑出聲。

「傻瓜……既然要住，當然要住的舒服啊！再說……你不是說我要成為你的女主人才能去你家嗎？」向杏一邊說著一邊臉紅，閻亦臣一聽高興的牽起向杏的手。

「真希望你快點點頭答應。」

向杏則是笑道：「我可不是這種隨便的女人，你慢……慢等吧！」

兩人額碰額的又再度笑成一團，不論向杏做了什麼決定，在閻亦臣的心中，向杏的位置始終不變，對於他來說向杏就像是朵向日葵，給足水和陽光，再給予一些時間，便能綻放出自我特色，再加上愛情的滋養，盛開的笑顏光彩動人，讓閻亦臣難以放開，閻亦臣相信現在緊抱的雙手，握住的將是兩人幸福的未來。

-ＥＮＤ-

國家圖書館出版品預行編目資料

在角落不曾盛開的花 / 汶莎 著—初版—
臺中市：天空數位圖書　2021.10
面：14.8*21 公分
ISBN：978-986-5575-64-9（平裝）

863.55　　　　　　　　　　110017021

書　　　　名：在角落不曾盛開的花
發　行　人：蔡秀美
出　版　者：天空數位圖書有限公司
作　　　者：汶莎
編　　　審：龍璇科技有限公司
製作公司：智慧熊投資有限公司
美工設計：設計組
版面編輯：採編組
出版日期：2021 年 10 月（初版）
銀行名稱：合作金庫銀行南台中分行
銀行帳戶：天空數位圖書有限公司
銀行帳號：006-1070717811498
郵政帳戶：天空數位圖書有限公司
劃撥帳號：22670142
定　　　價：新台幣 230 元整
電子書發明專利第　I　306564　號

紙本書編輯印刷：
電子書編輯製作：
天空數位圖書公司　E-mail：familysky@familysky.com.tw　http://www.familysky.com.tw/
地址：40255台中市南區忠明南路787號30F國王大樓　Tel：04-22623893　Fax：04-22623863